みちじいさんの話

戦争中、わしがみっちゃんだったころ

西原 通夫

画・稲田 善樹

てらいんく

みちじいさんの話——戦争中、わしがみっちゃんだったころ

この話は今から七十年前の、戦時中の実話である。

食料難《しょくりょうなん》、物資不足の時代を背景に、明るくたくましく生きた子どもたち。今語っておかねば、わしの子ども時代の人々の生きた証《あかし》が消え去ってしまう。今の子どもたちにぜひ読んでほしい。そんな思いで書き上げた。

戦災《せんさい》もなかった地方の話は、語る人も少なくなった。そのうち忘《わす》れられてしまう。話の場所は小都市尾道《おのみち》。戦災もなかったが戦時の影響《えいきょう》はもろに受けている。当時生きた人々の心と歴史は消し去ってはならない。

著者

もくじ

1部　戦時中の学校で

2部　地域《ちいき》での遊び（子ども三人組）

この話ね。
戦時中にあった本当の話だよ。
だれかに伝えておきたくて書いたんだ。
読んでくれよな。

1部　戦時中の学校で

わしの学校

今から七十年前の戦時中。わしが通った小学校の、そのころの様子も話しておかんといけんのう。

潮《しお》の香《かお》りただよう山陽本線尾道駅《おのみちえき》（日本遺産《いさん》のまち）。その駅裏から南北四キロあまりの、盆《ぼん》地《ち》のような田園風景、その中央あたりに八幡《はちまん》神社の森が見下ろせる。その森に接《せっ》してあるのがわしの栗原《くりはら》国民学校（小学校）じゃ。

今は鉄筋《てっきん》に建《た》て替《か》えられたがの、昔はどの学校も木造校舎《もくぞうこうしゃ》。二階建ての木造校舎が四棟《とう》、その中庭に講堂《こうどう》（体育館）があった。北側に広い運動場があって、一五〇〇名ほどの子どもたちが学んでおった。

学校の横にはきれいな小川が流れており、よい遊び場じゃったのう。

木造だから階段《かいだん》の昇《のぼ》り降《お》りできしむ音。これを先生並《な》みに、わざと力んで上がる。

「それ、先生が来た！」と、みんな一斉《いっせい》に席に着く。

廊下《ろうか》も走ると「ドドドド」と、響《ひび》いておったわ。「廊下は歩くもんじゃ。走るな！」よく言われたもんじゃ。時には長いこと廊下に座《すわ》らされたこともある。べべちゃんこでの。

じゃがの、廊下は黒光りしておったぞ。

宿題を忘《わす》れると廊下磨《みが》き、罰《ばつ》を受けると廊下ふき。長い廊下を息を切らしてふかされたもんじゃ。

階段のおどり場には、大鏡がかけられておったよのう。

「朝からなんじゃ。その寝《ね》ぼけ顔は、鏡を見てよう洗《あら》ってこい！」

鏡のある隅《すみ》っこには、いつもきれいな花が生けられていたのを覚えとる。

ほこりのないきれいな学校じゃったがの。物不足でガラスが割《わ》れるたんびに、用務員《ようむいん》さんがガラスの代わりに板を張《は》るんじゃ。その度《たび》に部屋がだんだん暗くなっていった。冬などはストーブもないから、北風が吹《ふ》き込《こ》むので、ほっておくわけにもいかんでのう。

食料難《しょくりょうなん》もあって、学級園や学校園の花畑は、芋《いも》・かぼちゃ・玉ねぎと野菜畑に変わってしもうた。そのうち、陸軍暁《あかつき》部隊*の兵隊さんが校舎に駐屯《ちゅうとん》するようになり、運動場の三分の二は芋畑にされてしもうたわ。

戦後、食料不足がだんだん解消《かいしょう》されて、運動場の周りにコスモスが植えられ、花が咲《さ》いたころ。「花はきれいなのう」と、思うたもんじゃ。

戦時中は、日本全国どこの学校でも、似たようなことをやっていたはずじゃ。

*暁部隊……陸軍分隊の名称《めいしょう》

一升《いっしょう》ビンといなご

一升《いっしょう》ビンをさげて学校に行く
毎朝　毎朝　稲穂《いなほ》のそよぐあぜ道を
あっちの道から　こっちの道から
一升ビンを持った子どもらが
ぞくぞくと　校門をくぐる
児童数　千五百あまりの学校

この一升ビン、捕《つか》まえた「いなご」を入れるためだ。
子どもたちは校門をくぐると、鶏小屋《にわとりごや》に直行する。
小屋の横に「いなご入れ」と書いた、大きな入れ物が置いてある。いなごはその中にうつされて、ピョンピョン跳《は》ねる。

鶏の数二十羽あまりだが、どうみても鶏が食べきれる量ではない。

「先生、こんなにたくさんのいなごどうするん？　いくら鶏の好物だって、食べあいでしまわないかねえ」

ある日、みっちゃんは先生に聞いてみたが、先生は答えなかった。

「ははん、一年分の飼料《しりょう》にするのかもしれないな」

そう独《ひと》り合点《がてん》して教室に向かった。


今年も臨海《りんかい》学校がある。五年生と六年生、それに高一と高二（中一と中二）の四学年が参加する。

みっちゃんは五年生だから、初めての海水浴だ。待ちどおしくてしかたがない。

エッチふんどしは、もう一か月も前から安藤店《あんどうみせ》で買っていた。

今ごろの水泳パンツと違《ちが》って、しごく簡単《かんたん》にできている。細い腰《こし》ひもがついていて、丸めれば手のひらに入る大きさだ。

つまり、あそこが見えない程度《ていど》に作ってある。なにしろ品不足の時代だから、極力布《ぬの》を節約してあるのだ。

水泳場所は向島《むかいじま》の干汐《ひしお》海岸。栗原《くりはら》小学校から片道《かたみち》七キロはある。途中《とちゅう》に尾道《おのみち》水道の渡《わた》し舟《ぶね》に乗るが、それも五分程度《ていど》。あとは炎天下《えんてんか》、この道のりを行きも帰りも毎日一週間歩くことになる。

泳いだ後の帰りはへたばってしまうが、歩くよりほかに帰る方法はないのだ。

「今年の臨海《りんかい》学校では、特別にだんご汁《じる》を出すことになった」と、先生がにたりと意味ありげな顔で言った。

「うわあ、すげえ！」

食い物と聞いて、歓声《かんせい》が上がる。

「あさり汁だ」と先生が付け加えた。

あさり貝はみんなで一斉《いっせい》に掘《ほ》る。

「先生、何杯《なんばい》飲めるんですか？」

「そんなことは、そのときわかる」

「決まっとるだろう、一杯だけじゃろう」

よっ君が、そんなにもらえるもんかという口ぶりで言った。

腹《はら》の具合《ぐあい》がよくないから休むといっていた大本君《おおもとくん》、「だんご」にひかれてやってきた。

「おまえ、腹が痛《いた》くて欠席ではなかったのか」と班長《はんちょう》に聞かれて大本君が答えた。

「腹よりだんごじゃ」

「ううん？　どっかで聞いた言葉じゃのう」

上級生の班長が言ったので、よっ君が鼻をつまんで「鼻よりだんごか」。

先生が「ハッハッハッ」と大声をあげて笑った。

先生の笑い方がおかしいので、班長が先生の笑い方のまねをした。その物まねが実にうまい。最後に口ひげをなでる。

みんなは、腹を抱《かか》えてもう一度笑った。大本君なんかもうお腹《なか》を押《お》さえてこけている。

水泳は楽しいものだ。水かけっこ、潜《もぐ》りっこ、水中騎馬戦《きばせん》。

一つだけ気をつけなければならないことがある。赤ふんどしだ。

赤ふんどしは上級生の中でも、特に泳ぎ達者で、先生の助手で見張《みは》りの役だ。赤ふんどしをして、赤帽《あかぼう》をかぶっているのですぐ目につく。

ところが、この赤ふんどし、泳げない者を見つけると後ろから抱《だ》き上《あ》げて、水の中に放《ほう》り込《こ》むというんだ。

よし君なんか放り投げられて、思いきり海水を飲まされ、げぼをはいたという。

「泳げない者には、おぼらせて〔おぼれさせて〕習わせるのが一番」これが合言葉《あいことば》だそうだ。

「いつやられるかわからん、気をつけろよ」

よし君がみっちゃんに話しているとき、すぐ後ろに赤ふんどしが立っていた。

「うわあっ」よし君が大声で叫《さけ》んで潜《もぐ》った。

「ひゃあ」みっちゃん、あわてて潜って逃《に》げる。二人とも潜りには自信があるんだ。


昼になった。

「チリンチリン」と手ぶりの鐘《かね》が鳴って、一斉《いっせい》に貝拾いだ。

山盛《やまもり》に貝が拾われて、塩水できれいに洗《あら》われた。

それを煮《に》えたぎった大鍋《おおなべ》に入れる。あとはかぼちゃと玉ねぎを切って入れ、本日の一品料理のできあがりだ。

班長《はんちょう》がバケツの貝汁《かいじる》をおたまでおわんに配る。その中に副班長がだんごを三つ入れてくれた。

このときばかりは、みんな白いおにぎりで、それが、貝汁と合ってうまいこと。汁は二杯《はい》までおかわりできるが、だんごのおかわりはない。

一週間も泳ぐと、みんな真っ黒けだ。まず鼻先の皮がむげる。次は肩《かた》の皮だ。こうなってくると、体じゅうがひりひりする。

水道などないから、水で洗うこともない。塩がついてねちゃついたままランニングを着て、炎天下《えんてんか》の道をてくてく帰るだけだ。その道七キロ。本当にくたくただ。

「がまんしろ、戦争に行ったら、これだけではすまんぞ」

子どもたちはみんな、大きくなったら戦争に行くんだと思っていた。


海水浴が終わった次の日、授業《じゅぎょう》のとき、大本君《おおもとくん》が先生に聞いた。

「先生、あのだんごうまかったですよ。学校ではもう配らんのですか？」

「またいつか食わしてやるがの。あのだんごにはたんぱく質《しつ》とカルシュウムがたんまり入っているから栄養満点なんじゃ」

「先生！　小麦粉にもたんぱく質やカルシュウムがたくさんあるんですか？」

門ノ内君《もんのうちくん》が聞き返した。

「いや、つまり〜、ええ〜。きみたちの毎朝の苦労のおかげでそうなったんじゃ」

「毎朝ってなんのことかあのう？」

「わかった。鶏《にわとり》の卵《たまご》のことじゃろう！」

「だんごに卵の殻《から》も混《ま》ぜたんですか……ういい」

「あのな、卵は銭《ぜに》になるんじゃ。売って学校の道具を買っとる」

「卵が割《わ》れたときはどうするんですか」

まあ君は、このときとばかり先生に聞いた。いつもそのことが気になっていたのだ。

「そのときはじゃな……」

「先生が食うんじゃろう」

のぶ君が真顔で聞いた。

「ハッハッハッハ」

みんながどどと笑う。

「この間も手がすべった言うて先生、職員室《しょくいんしつ》へ急ぎようたね」

「………」

先生はいきなり話題を変えた。

「エッヘン！　あのなあ、たんぱく質《しつ》の話じゃがな、だんご、あれはな、みんなが毎朝持ってきた、いなごの粉じゃ」

「ええ～！」

みんなは顔を見合わせた。

「げぼげぼ」「うえ～はくう～」

「いなごの粉～……」

話をそらさんとした先生。ついにだんごの秘密《ひみつ》をばらしてしまったのだ。

「ええ～、この栄養不足の時代。学校としてもいつも知恵《ちえ》をしぼっておる。稲《いね》の害虫のいなごを捕《つか》まえることは、食料生産にもつながることじゃ。みんなの健康にもつながる。一《いっ》挙両得《きょりょうとく》というわけじゃ……」

先生は校長先生のような口調で演説《えんぜつ》しだした。

そして、こう結んだ。

「明日から海蛍《うみほたる》をとってもらうことになる」

寒稽古《かんげいこ》

ゴーン　ゴーン　ゴーン　朝六時。

お寺の鐘《かね》が鳴って、みっちゃんは外に飛び出した。

冬の朝は真っ暗だ。雪は降《ふ》っていない。

「うい～寒い！」

ぶるっと身震《みぶる》いして、手ぬぐい（タオル）を首に巻《ま》きつけ、学校に向かって走りだした。

今日は寒稽古《かんげいこ》の日だ。

自由参加だが親の許《ゆる》しがいる。

曲がりくねった坂道も、両側の草に霜《しも》が降りて、道がはっきりして走りやすい。

「おはよう」

川の向こうから声がした。

暗くて姿《すがた》は見えないが青山君《あおやまくん》の声だ。

「先生はもう来とるど。走ろう」

白い息をはずませて二人は校門をくぐった。

「先生、おはようございます」

「おう、よく来たのう。運動場三回まわってこい」

「先生、今、ぼくら家から走ってきたんじゃけえ、しんどい」

青山君が口をとんがらかした。

「文句《もんく》言わずに走ってこい！」

そのうちに十人ほどが集まってきて、運動場を走りだした。

「わしらの運動場は広いのう。三回も走るんかあ」

青山君が不平そうに走りながら言う。

「本気で走らんとしかられるどう」

みんなのはく息が白い。

今でこそ新幹線《しんかんせん》駅ができて家が建て込《たこ》んでしまったが、当時は学校の運動場から、大《おお》池《いけ》の土手（堤《つつみ》）が見えたもんだ。見えるものすべて田んぼだった。もちろんバイパスや

１８４号線などない。電車は走っていたけどね。そして、ほとんどが農家の子だ。

先生は子どもたちを井戸《いど》のところに誘導《ゆうどう》した。

「先生、寒稽古《かんげいこ》いうて何するん？」

「先輩《せんぱい》から聞いてないのか。心身を鍛《きた》える訓練じゃ」

「今、見とれ、わかるけえ」

そう言って、つるべ井戸の水をバケツに三杯《ばい》くみ上げた。

カラカラカラ、ザー。

カラカラカラ、ザー。

そして、たちまち素《す》っ裸《ぱだか》のふんどし一丁《いっちょう》になった。

それから、胸《むね》を両手でバタバタと叩《たた》いた。

「いいか見とけ！　日本男児はこうやるんじゃ」

「イヤ〜」と顔をしかめて大声を張《は》り上《あ》げると、バケツを持ち上げて頭から「バッサー」と水をかぶった。

「うひゃあ！」驚《おどろ》いたのは、周りを囲んで見ていた子どもたちだ。

「いいかみんな、戦争に行っている人のことを思えば、これくらいのことにはたえねばならん……」

仁王立《におうだ》ちになっている体から、白い湯気が立ち上る。

「先生、ぼくらそれをやるん？」

のぶ君が聞いた。

「きみらにここまでやれとは言わんが、まず裸になって乾布《かんぷ》まさつをやる。乾《かわ》いた手ぬぐい（タオル）で体をこするんじゃ。それが物足りない者は、手ぬぐいを水につけてやる。これを冷水まさつという。勇気のある者はやってみろ」

ついでに言っておくけどね。当時、タオルという言葉は使ってはいけなかったんだ。外国の言葉はご法度《はっと》だ。だからタオルと言わずに「手ぬぐい」と言う。ラジオは「音の出る箱」、ノートは帳面、マイクは「音の出る棒《ぼう》」だったかな？　外国の言葉を使うと非国民《ひこくみん》といわれたものだ。なぜかオルガンはオルガン、ピアノはピアノだった。ほかに言いようがなかったのかなあ。そのうちに、終戦を迎《むか》えたというわけだ。

「寒いのう、裸になるん？」

「文句《もんく》言うなよ」

「先生、雪が降《ふ》ってきたでえ」

「だから、やりがいがあるんじゃろう」

青山君《あおやまくん》はタオルを水につけてやりだした。みっちゃんも負けてはおれん。手ぬぐいを水につけた。しぼる手がちぎれるように痛《いた》い。

「うわ〜、冷たい〜」

鳥肌《とりはだ》どころの騒《さわ》ぎじゃあない。ごしごしと体をこすりだした。歯をくいしばって体をこする。みんな、自分のことで精いっぱいだ。

突然《とつぜん》、後ろでバサー！　と水の音。

「くわ〜日本男児じゃあ〜〜〜」

細谷君《ほそやくん》が頭から水を浴びて突《つ》っ立《た》っている。

「おまえ、それ水道の水じゃろうがあ。井戸水《いどみず》のぬくいん〔あたたかい〕とわけが違《ちが》うど〜」

先生が、あ然とした口調で言ったが、後の祭り。

ふるちんの姿《すがた》で、足元に氷のかけらが散らばっている。

細谷君、バケツのうす氷を割《わ》って頭からかけたのだ。

冷水まさつのあとは、座禅《ざぜん》だ。

「裁縫室《さいほうしつ》に上がれ」

先生の一声で、みんなは、きしむ木の階段《かいだん》をどしどしと上がる。まるで雷《かみなり》が鳴りだしたみたいな響《ひび》きだ。

「静かに上がれ。この場は修業《しゅぎょう》の場だ」

ここは校内で唯一《ゆいいつ》、畳《たたみ》のある部屋で、畳が四十枚《まい》ほど敷《し》いてある裁縫室という大部屋だ。

この寒々とした部屋の中で、目をつむり三十分ほど正座、めいもくをする。

「動くな！」先生のむちが黒板をビシッと叩《たた》いた。詩吟《しぎん》の朗詠《ろうえい》が始まる。

しょうねん〜〜〜おいやすく〜〜〜
がくなり〜〜〜〜〜がたし〜〜〜〜〜
いっすんの〜　こういん〜〜〜〜
かろんず〜〜〜〜べからず

少年易老學難成　一寸光陰不可輕
未覺池塘春草夢　階前梧葉已秋聲

のうちゃんの灰《はい》かぐら事件《じけん》

この話も戦時中の話だ。そのころ、物が不足していた。今では考えられない話だけど。

「おじさん、鉛筆《えんぴつ》ちょうだい」

のうちゃんは、いつものように元気いっぱいの声で、校門前の文具店にかけこんだ。

「鉛筆？　そんなもんあるかい、もうすっかり前から品切れだ。それよりな、これを買わんか、これを」

安藤店《あんどうみせ》のおじさんは、鉛筆の形をした物を差し出した。

「それ、なんなあ？」

「これな、鉛筆のしんはないけどな、先っちょにしんだけをさしこんで、きゅっとしめるんだ。そうすれば、ほら書けるだろう」

「しんは高いの？」

のうちゃんはポケットに手を突《つ》っ込《こ》んで、お金を確かめた。

「残念だがな、しんは売ってないんだ。自分で探《さが》せばいい。どこかに落ちとるじゃろう」

「そんなのおじさん、無責任《むせきにん》よう。ねえ一本でええけえ、鉛筆売ってくれよ……ねえおじさん、頼《たの》むけえ！」

のうちゃんのあまったれ声が始まった。

「あのな、ここを使うんじゃ、ここを」

おじさんは、自分の頭を指先でトントンと叩《たた》いてみせた。

戦争がだんだん激《はげ》しくなって、鉛筆だって、消しゴムだってお店で売らなくなった。品物がないんで売りようがない。

学校でくじを引いて、当たればもらえる。

鉛筆でも、持てなくなるまで使って、そのあとは細竹の筒《つつ》に突っ込んで使うんだ。

消しゴムだって、なくなるとしかたがない、指先につばきをつけて消したもんだ。

だから、のうちゃんのノートはまちがいだらけで、真っ黒だ。

「売ってくれんのん、一本ぐらいあるじゃろう。……けち！」

のうちゃんはしかたなく、校庭で紙飛行機を飛ばしている、みっちゃんのところへ走っていった。

みっちゃんは四年生、のうちゃんより一級下だ。二人はとても仲良しなんだ。

みっちゃんがいじめられるときは、のうちゃんが必ず助けにくる関係だ。

「あのなあ、みっちゃん。おれ、困《こま》っとるんじゃ。友達《ともだち》に約束したんだ」

のうちゃんは頭を振《ふ》りながら続けて言う。

「安藤店《あんどうみせ》のおじさんと親しいんで、鉛筆《えんぴつ》一本ぐらい買ってやるって、友達におおみえきったんだがな。売ってくれん。頭を使って鉛筆のしんを拾えとゆうんよ。そう簡単《かんたん》に落ちているわけないよな」

のうちゃんは、こんなときいつものように、

「おまえ、頭がいいんじゃけえのう」と言っておだててくる。

力はのうちゃん、考えるのはみっちゃんと、だいたい分業になっている。

この間だって、「この宿題やってくれ」と言うんだ。四年生のみっちゃんに、五年生の問題がわかるはずないじゃん。

みっちゃん、とうとう六年生のよっちゃんに聞きにいき、宿題すませてやったわけだ。

日曜日の午後、みっちゃんの発案で、のうちゃんとみっちゃんは、校庭の隅《すみ》っこにあるごみ焼き場に行った。

のうちゃんが、学校の農機具小屋からスコップを持ち出してきて、ごみ焼き場の灰《はい》を山ほどかきだした。

灰をかきまぜて二人が探《さが》す。

「あるぞ、あるぞ。ぎょうさん〔いっぱい〕！」

鉛筆のしんがざくざくと出てくる。もう宝探《たからさが》しの気分だ。

二人はうれしくてしかたがない。こんなこと今まで気づいた者はだれもいないはずだ。

のうちゃんが言う。

「友達に見せびらかして、ビー玉やパッチン（めんこ）と取りかえちゃろう。みっちゃんにも、わけまえをぎょうさんやるからのう」

二人は、ビー玉長者、パッチン長者と唄《うた》いながら、一生懸命《いっしょうけんめい》拾い集める。

月曜日の朝、のうちゃんはみっちゃんを従《したが》えて、田んぼ道を学校に急いだ。

もちろん、昨日《きのう》集めた鉛筆のしんを筆箱にいっぱいつめてね。

教室の前に人だかりがして、用務員《ようむいん》さんがどなっている。

「だれがやったんじゃ！　ごみ焼き場の灰をみな引《ひ》っ張《ぱ》り出して、廊下《ろうか》も教室も灰だらけじゃろう！」

昨夜の大嵐《おおあらし》で、破《やぶ》れ窓《まど》から灰が舞《ま》い込《こ》み、これでは授業《じゅぎょう》にもならない。ガラスも売ってない時代だから割《わ》れっ放《ぱな》しの窓《まど》。あれだけ灰《はい》が舞《ま》い込《こ》むのも当然だ。

だれがやったのかはすぐばれた。顔を見ればすぐわかる。

のうちゃん、昨日《きのう》から顔を洗《あら》っていないもんだから、顔はすすけたまんまだ。

「おまえだろう。廊下《ろうか》に立っておけ！」

となった。

みっちゃんが廊下を通ると、水を入れたバケツを両手にさげて、のうちゃんが立たされていた。

「みっちゃん、おまえのことは先生に言っていないからな、安心しろよ」

と、こそりと言った。

「のうちゃん、バケツさげて重たいじゃろう。大丈夫《だいじょうぶ》か？」

「大丈夫よう。ずっとさげているわけじゃあないんよ。先生がのぞきにくるときには、中から合図《あいず》をしてくれることになっとるんじゃ」

コツコツと合図。

「そら、先生が来る。あっちへ行け」

のうちゃんは両手にバケツをさげて、気をつけをした。

のうちゃんがずるをしていることは、先生とっくにお見とおしだ。

このことで、のうちゃんが先生にほめられたのは、三か月も後のことだった。

それは修身《しゅうしん》（道徳《どうとく》）の時間だ。

「鉛筆《えんぴつ》のしんまで無駄《むだ》なく使いきる着想・物を大切にする心。すばらしいではないですか」

先生が得意顔でそう言って、のうちゃんをほめ、ノートの賞品までくれた。

その後、安藤店《あんどうみせ》のおじさんは、鉛筆のしんさしがよく売れるようになり、のうちゃんに鉛筆を一ダースもくれた。

「みっちゃん、12本÷2は？」

「六本！」

……

「当たり！」

のうちゃんが、みっちゃんに六本の鉛筆を渡《わた》した。

枕《まくら》ドッジ

ファンファーレが鳴って、青空に日の丸の旗が揚《あ》がる。

校長先生が朝礼台の上に立った。今朝も軍服を着て、胸《むね》にたくさんの勲章《くんしょう》をつけている。千五百人あまりの児童たちを、左から右にゆっくりと見回して言った。

「腹《はら》が減《へ》ることと、遊び場がなくなることとどっちが困《こま》るか」

「遊び場！」

みっちゃんが大声で返事をしたら、みんながどっと笑って……しいんと静まった。

「この食料難《しょくりょうなん》の時代に、遊び場とは何事じゃ。みんなが腹を減らしておる。まさに今は生きるか死ぬかの瀬戸際《せとぎわ》である。明日から運動場を畑にする」

校長先生はもう一度みんなを見回して台を下りた。

その明くる日、兵隊さんたちがやってきて運動場を掘《ほ》り返《かえ》した。それで、運動場の三分の二は芋畑《いもばたけ》になってしまったのだ。

こうなってくると、遊び場の取り合いが始まるのは当然だ。そのころは地区ごとに集団登校をしていて、学校に着いたら登校グループで「凱旋《がいせん》」とか「ドッジボール」をしていた。

場所取りのために一時間は早く集合する。みっちゃんは今朝も眠《ねむ》い目をこすりながら集まった。しん君なんか今日もさつま芋を食いながら集まった。芋だけが朝食、それが当たり前でおかしくなかった時代だ。

「おまえなあ、家で食ってこれないんかよ」

「だってまだ芋煮《に》えてないもん。これだって煮えきりだよ。熱っ熱っ、あつう〜」

と言いながら、しん君、口の中で芋を転がす。それから、時々芋の皮を捨《す》てながら腕《うで》で口元をぬぐう。

「早《はよ》う食べろよ」班長《はんちょう》にうながされて
「わかった！　食べらあ」と大口開けて突《つ》っ込《こ》む。「ううん……」しん君、道の真ん中にへたばりこんで目を白黒しだした。

「どうしたんだよ？」

みっちゃんがのぞき込《こ》むと、自分の胸を叩《たた》きながら、ウウウウ……。

芋《いも》をのどにつまらせたんだ。芋はのどによくつまるもんなあ。学校にお茶を持ってくることはご法度《はっと》、飲むものがない。みんながあわてだした。班長《はんちょう》さんがすばやく近所の井戸《いど》から水をくみ上げてきて飲ませる。

「ふ〜う」しん君、ひと呼吸《こきゅう》してうっすらと出た涙《なみだ》を手でぬぐい「はあ〜」。

みっちゃんはさすが班長だと尊敬《そんけい》した。しかしそのため、その日は場所取りができなかったので、見物するよりしかたない。見るだけというのは、ほんとにつまらないものだ。

そんなことがあってもしん君は、いつもと同じように、どべっちょ《〔最後〕》に集まってくる。

班長の内海《うつみ》さんは今日も枕《まくら》をさげてきた。どこの班でも枕をさげて学校に通うのは当たり前なのだ。ボールのように球状《きゅうじょう》にしたのもあるが、元は枕だ。

物不足から、ドッジボールが店先から消えてもう久《ひさ》しい。だから、ドッジボール形式の枕投げをするのだ。

いばった班長なんか、いつも小さい子に枕を持たせている。そして時々笛を吹《ふ》いて、「歩調をとれ！」といって、兵隊の行進のまねをさせながら登校させるのだ。

その点からいえば、うちの班長はやさしいものだ。時々、小さい子のかばんなんか持ってくれている。

それでも校門が近くなると、きれいに整頓《せいとん》させて、「歩調をとれ！　一二、一二！」と言いながら門に入っていく。

それは学校の決まりだから、しかたがない。

校門の両わきには、高等科二年（中二）の上級生が兵隊の服を着て鉄砲《てっぽう》を持って立っている。番兵だ。

門を入ったところに奉安殿《ほうあんでん》（天皇陛下《てんのうへいか》の写真を入れた建物《たてもの》）があり、ここにも番兵が立っている。班長が大声で号令をかける。

「気をつけ、奉安殿に向かって、最敬礼《さいけいれい》」

最敬礼というのは、これ以上頭を下げられないくらい深く礼をすることだ。

下手《へた》にやると、上級生の番兵がむちでしりを叩《たた》くから、どうしてもきちんとやらねばならん。今日のしん君のやり方はまずい。それを見ていたみっちゃんの頭にも、「やりかえ！」と言って、鉄砲の先でバシン。

「痛《いた》い！」

このとき、こぶが出たなと思った。

最敬礼がすむと、みんな一斉《いっせい》に駆《か》けだす。運動場の場所取りだ。

ほうきの柄《え》でドッジボールの線を引く。それで場所取りは終わりだ。ていねいな班は線の上にやかんで水を引く。そうして、早く登校したグループ同士の対戦となる。

高等科二年（中二）から小学一年生までが枠内《わくない》に入り、四十名ぐらいが入《い》り乱《みだ》れる。高二の子の投げる球はビューンと音がして恐《おそ》ろしい。みっちゃんたちはもう逃《に》げ回《まわ》るだけだ。落ちた球ははずむことはないから、「キャー」と言いながら、低学年が群《むら》がって拾う。そして、高学年に渡《わた》すのだ。

それでもみっちゃんは、受けてやると言って立ちはだかった。

「ビューン、どーん」と、受け止めたのだ。「こいつちびのくせによう受けるのう」

普通《ふつう》の子は手加減《てかげん》するものだが、手加減なしにみっちゃんに、向かったやつがいる。よく見ると、今朝鉄砲《てっぽう》で頭を叩《たた》いた番兵の上級生だ。

「ばかあ～！　べ～」

みっちゃんは叩かれた腹《はら》いせにそう言ってやった。

手加減なしでビュンビュンと投げてくる。

「うわあ、助けて～」

みっちゃん、背《せ》を向けて逃げだした。

「おまえ、それでも日本男児か！」

そう言われると、男のこけんにかかわる。

教室で先生が常《つね》に言う言葉だ。逃げることはできん。正面に立ちはだかった。

次の瞬間《しゅんかん》、

「ビューン　ど～ん」

みっちゃん、受け止めてひっくり返って頭をうった。同時に枕《まくら》の中身が破《やぶ》れて飛び出した。バラバラバラ……。

「ありゃあ、豆じゃあ！」思わぬ出来事だ。

「みんな拾ええ！」

みんなは大騒《おおさわ》ぎで拾いだした。

この枕、枕でなくて戦争非常用《ひじょうよう》食の豆袋《まめぶくろ》だったんだ。班長《はんちょう》さんは家に帰って、親父《おやじ》さんに大目玉くったんだと後から聞いた。

「この食料難《しょくりょうなん》に、枕と豆袋の区別がつかんのか、もったいないことをする」

そう言われてもな。枕の中身はもみがらだから、軽くて投げにくいんだよなあ、重くないと。

みっちゃんは豆を拾うどころではない。頭にこぶができて頭を押《お》さえて泣きだした。

「おまえ、日本男児だろう泣く〔泣くなよ〕ない」

番兵の上級生はそう言ってすたすた行ってしまった。

班長《はんちょう》さんが衛生室《えいせいしつ》（保健室《ほけんしつ》）に連れていってくれた。みっちゃんは前と後ろのこぶ、しん君は前のこぶ。あわせて三つのこぶだ。そのうちの二つのこぶは、鉄砲《てっぽう》の先で叩《たた》かれたものだ。

放課後みっちゃんはしん君を誘《さそ》って、奉安殿《ほうあんでん》の前に来た。

「奉安殿にしりを向けて最敬礼《さいけいれい》？　しかられるぞ」

しん君、そう言ってあたりをきょろきょろと見渡《みわた》す。

「おれ、もうがまんができん」

「だれも見とらんかのう？」

「そんなことどうでもええじゃろう。早くせい」

ふたりとも奉安殿にしりを向けて並《なら》んだ。

「いくぞう」「番兵に対して最敬礼！」

みっちゃんが大声でどなった。

「ブー！」

大きなおならがみっちゃんのしりの穴から吹《ふ》き出《で》た。

「ああすっきりした」

「気持ちいいい！」

みっちゃんは空をあおいだ。

「あっはっはっ」

「あっはっはっ」

カアカア　カアカア

からすが、夕焼け空に向かって飛んでいく。

麦飯弁当《べんとう》

戦時中は、みんな腹《はら》をすかしとった。

そのころは給食もない時代だからの、学校へ弁当《べんとう》を持っていっとった。

というても、みんながみんな弁当を持ってくるわけじゃあない。近くの者は食べに帰る。遠くても帰る者もおった。

その当時、尾道駅裏《おのみちえきうら》あたりも、栗原《くりはら》学区じゃったから、大勢《おおぜい》の者が食べに帰っとった。

早く歩いても往復《おうふく》四十分はかかる。

なぜと思うだろう?

時は、食料難《しょくりょうなん》時代じゃよ。米の飯はめったに食べられるもんではない。おかゆにさつま芋《いも》を切って入れたのを常食《じょうしょく》にする。流動物だから、弁当箱につめようがないんじゃ。

大本君《おおもとくん》は元気がよかったからの。三軒家《さんげんや》＊の駅裏まで走って帰って、走って学校へもどるんじゃ。休憩《きゅうけい》時間は少しでもたくさん遊びたいから走るんじゃよ。

学校についたとたん。

「おら、もう腹へった。今日の昼飯はおかゆだもんな、すぐ腹が減《へ》る。何か食うもんないか」と、友達《ともだち》にたずねて回る。

みっちゃんは、ポケットから芋子《いもこ》（さつま芋を刻《きざ》んで天日《てんぴ》で干《ほ》したもの）を出して大本君に渡《わた》した。

「芋子渡したこと、ないしょだぞ」

「わかった、わかっとる」

ある日、隣《となり》の席の末国君《すえくにくん》が腹減り大本君のために、大人の弁当箱にパンをふかして持ってきた。カステラが弁当箱につまっているかっこうだ。半分やるからなと、耳元でささやいた。

末国君の家は農家だったから、小麦があったんだ。それを自分で石うすを回してひいて粉にした。

小麦粉にイースト菌《きん》なるものを混《ま》ぜ、生みたての卵《たまご》を割《わ》って入れよくかきまぜた。砂糖《さとう》なんて家にあるはずもない。塩で味付けをしたんだ。

それを棚《たな》の上に置いて忘《わす》れていたら、倍ぐらいにふくれあがって、ふたを押《お》し上《あ》げていたんだそうだ。焼いてみたらパンになっていたと言うんだ。

パンなんて当分見たこともない代物《しろもの》だ。

弁当箱《べんとうばこ》が大きいので、みんなの目が集中した。

「なんだその弁当箱」

だれかがふたをとった。

「い、ややや、パンじゃ」

「一口食べさせろ」

「わしにも食わせろ」

たちまち人垣《ひとがき》ができ、弁当箱はからっぽになってしまった。

自分の口に入るはずだったパン。大本君《おおもとくん》、真っ赤になって怒《おこ》った。

「どうしてくれるんだ！　どうして！」

空になった弁当箱を見せながら、一人ひとりの顔をのぞいて回る。

そのとき、がらっと戸（ドア）が開いて先生が顔を出した。

「大本、何をわめいているんだ？」

「いやなんでもないんです。なんでもないんです」

大本君はそう言って、頭をかきながらいいわけがましく続ける。

「先生、わしもう腹減《はらへ》ったです。どうにかしてほしいです」と、先生を見上げた。

そのしぐさに、みんながどっと笑った。

「今、昼飯食うたはずじゃろうが。がまんせい。武士《ぶし》は食わねど高ようじじゃ」

先生十八番《おはこ》のせりふだ。

この先生、後日、栄養失調で学校を休むことになる。

こちら末国君《すえくにくん》。昼飯抜《ぬ》きになっちまって、学校を出るまで
「おら、腹が減った、おら腹減った」

これを何度繰《く》り返《かえ》したことか。

それから何十年かが経《た》って同窓会《どうそうかい》をした。
末国君にあのことを話したら、「そんなことがあったかのう」と答えた。
こんなことは日常茶飯事《にちじょうさはんじ》だったから、覚えていないのだろう。
「じゃが、昼前になると、どうしようもなく腹が減ったことだけは覚えとる」
と、昔を懐《なつ》かしんだ。
そのころの弁当はだいたい日の丸弁当だ。四角い弁当箱の真ん中に赤い梅干《うめぼ》しが一つ、
まさに日の丸だ。

しかし、日の丸もだんだんと汚《よご》れが目立ち始めた。白いご飯が日が経《た》つにつれて、麦飯や芋飯《いもめし》に変わってきたからだ。

ちなみに、おかずはかつおの削《けず》りぶしとか塩昆布《しおこんぶ》、つけもの、卵焼《たまごや》きが入っていれば申し分ない。だれの弁当箱《べんとうばこ》をのぞいてもそれが定番だった。

母心を一つ覚えている。

麦より米がおいしいに決まっとる。誕生日《たんじょうび》に母が白米を炊《た》いてくれた。それを弁当箱につめ、母は麦つぶをくっつけていた。つまり、みんなの手前、麦飯弁当に見せかけたのだ。

周りが気になって、子ども心に食べづらかったこと。いまだに忘《わす》れない。

＊三軒家《さんげんや》……尾道市内《おのみちしない》の町名

豚騒動《ぶたそうどう》

学校で豚《ぶた》を一匹《いっぴき》飼《か》っていた。

どでかい豚だ。

初めからそんなに大きかったわけではない。えさを食べ食べ、だんだん大きくなったのだ。

豚というものは、豚小屋にいるものだが、昼時間になると時々校庭を走り回る。ないしょに、だれかが小屋の戸を開けるのだ。そしてけしかけるもんだから、跳《と》んだり跳《は》ねたり暴《あば》れ回《まわ》る。

豚だってゆっくり散歩したいんだが、追い回されるからしかたなくそうなるんだ。

豚に乗りたがっているやつらもたくさんいた。特に上級生たちだ。

まず、芋子《いもこ》を鼻の先に突《つ》きつける。食べようとして立ち止まったところを、すばやく乗馬するのだ。

本当は乗豚《じょうとん》といわねばならぬが、だれもが「乗馬」と言っていた。

豚《ぶた》というものは首が短いから、むしろないといったほうがいいので、首にしがみつくわけにはいかない。

胴体《どうたい》に縄《なわ》を結びつけて、それを持つんだが、二メートルも行かないうちに、振《ふ》り落《お》とされてしまう。

山田さんなんか、「それいけ」としりを叩《たた》いたとたんに振り落とされて気絶《きぜつ》した。そして、衛生室《えいせいしつ》に運《はこ》び込《こ》まれた。

次の日も次の日も豚が放たれる。校庭じゅう大騒《おおさわ》ぎだ。

「だれがやったんだ！」

用務員《ようむいん》さんや先生が怒《おこ》る。

昼休みがすむと衛生室は大繁盛《だいはんじょう》だ。落豚して頭を打った者、鼻血を出した者、手をすりむいだ者、それに、やじ馬で衛生室は身動きのとれない状態《じょうたい》になる。

衛生室の先生が怒った。

「いいかげんにして。だれが豚を出したの！」

先生たちが調査《ちょうさ》したが、だれが犯人《はんにん》かはわからなかった。

今日も豚が走り回る。

周りでわいわい騒ぐから、豚も興奮《こうふん》するのだ。

用務員さんが大きな網《あみ》で捕獲《ほかく》しようとした。あれはたしかバレーボール用のネットだ。

豚の力のほうが強いものだから、網のままひこじられ《〔ひきずられ〕》、用務員さん、立ち木に頭をぶつけて、血を流した。

それで一件《いっけん》落着となり、豚小屋に大きな南京錠《なんきんじょう》がかけられた。

それから、豚騒動《ぶたそうどう》のことを忘《わす》れかけたころだった。

全校児童に栄養食が届《とど》けられた。豚汁《とんじる》だ。

大きめの茶碗《ちゃわん》に油がたぎって、うまかったことを覚えている。

なにしろ豚汁を食べたのは生まれて初めてだ。食料難《しょくりょうなん》で、牛肉だって正月くらいにしか食べられない時代だったからね。

「先生ひょっとして、この豚汁。学校の豚で作ったんじゃあないん？」

たか君が聞いた。

「先ほど教室に来る前には、豚小屋には豚はいたぞ」

先生がそう言ったので、みっちゃんはじっとしておれん。授業《じゅぎょう》が終わるやいなや、たか君を誘《さそ》って、豚小屋をのぞきにいった。

「あれ？」

小さな豚《ぶた》が一匹《いっぴき》、ブウブウと鳴きながら、芋《いも》ころを食べていた。

大蛙《おおがえる》

六年生の教室。

今日は久《ひさ》しぶりだ。みんな本気で授業《じゅぎょう》を聞いている。

良明君《よしあきくん》なんかもう身を乗り出している。なにしろ先生得意の歴史の話だ。武将新田義貞《ぶしょうにったよしさだ》が海に向かって剣《つるぎ》をささげ投じると、見る間に潮《しお》が引いていく、いわゆる鎌倉攻《かまくらぜ》めである。「わー」と敵《てき》を攻め立てる。先生がつばきを飛ばしながらの熱演《ねつえん》だ。

と、後ろの席の細谷君《ほそやくん》が、とんきょうな声をあげた。

「あ！　逃《に》げた！」

なにしろである。みんなは集中していたときであるからまったくの無防備《むぼうび》。背後《はいご》から敵に襲《おそ》われたとかんちがいした。

「ええっ！　どうした？」一斉《いっせい》に振《ふ》り向《む》く。

「蛙《かえる》が逃《に》げた」

細谷君《ほそやくん》が、すとんと言った。

「あそこにおる」

「大蛙じゃ」

ピョンピョンピョン
うん　……ピョン
「あれ　あれあれ　あっち　あっち」

大蛙は逃げまどう。

たちまち、教室は大捕《おおと》り物《もの》の場となって大騒《おおさわ》ぎだ。もちろん、授業《じゅぎょう》はめちゃめちゃ。

「捕《つか》まえたあ！」

小川君《おがわくん》が両手でつかんで、みんなに見せびらかす。

蛙は両手足を伸《の》ばして、白い腹《はら》を出している。その長さ三十センチは十分ある大物。食用蛙である。

「この蛙、へそがないぞう」

「ないのが当たり前じゃろう」

「そんなもの学校に持ってくるな。バケツに入れておけ！」

先生にどなられて、細谷君、蛙をバケツに放《ほう》り込《こ》むと洗面器《せんめんき》でふたをした。

…………

洗面器がガタガタ震《ふる》える。

逃げられたらたまらんと細谷君、先生に見つからんように床《ゆか》をはう。そして石の重しを置いた。

コトン
頭をかいて先生の方をチラリと見た。先生の機嫌《きげん》はすこぶる悪い。

「では、話の続きをするぞ。みんな、こっちへ向け」

先生の話より、みんなはバケツのほうが気になる。

ガタガタ……

コトコトコト……

バッシャン……

…………

隣《となり》の学級は女先生で女子組だ。当時は男子組と女子組に分かれていた。

休憩《きゅうけい》時間、がき大将《だいしょう》の延安君《のぶやすくん》が蛙をつかんで女子組に入っていった。

そして、いきなり女の子の鼻ん先へ押《お》しつけた。

「キャー！」

「ほら　ほら　ほら。ほらあ」

延安君《のぶやすくん》、つかんだ蛙《かえる》を見せながら女の子を追いかける。逃《に》げまどう女の子。

「キャー　キャー　キャー」

ついに蛙を投げつけた。

教室じゅうはもう大騒《おおさわ》ぎだ。

何事が起きたかと走《はし》り込《こ》んできた女先生。その足元へ大蛙が跳《と》んできた。

「キャー！」

教室へ帰るなり延安君、

「女先生、腰抜《こしぬ》かしたどう」

身ぶり手ぶりでみんなを笑わせる。

そのとき延安君、後ろから担任《たんにん》に首すじをひっつかまれた。そして、さんざんにしぼられて水入りのバケツを両手に持たされ、廊下《ろうか》に立たされるはめになった。

どんのろ先生

「黄砂《こうさ》」というのは、今ではだれもが知っている。中国大陸の黄色い砂《すな》が空に舞《ま》い上《あ》がって、日本の上空にやってきたものだ。

黄砂というと思い出す先生がいる。わしが四年生のときの担任先生だ。名前を聞かれても思い出せない。なにしろ、三か月ほど受け持って兵隊に行ってしまった。

上級生たちは、「どんのろ先生」と呼《よ》んでいた。多分、どんぐりのようにぐりぐりと太っていて、のろのろと歩くからだと思っていた。

頭も丸刈《まるが》りで青黒かったが、今思うと顔ひげでも濃《こ》いかったのであろうか。

臨海《りんかい》学校ではいつも岸辺で見張《みは》り番《ばん》をしていた。

「先生、一緒《いっしょ》に泳ごう」と児童に誘《さそ》われても一歩も動こうとしない。

「わしは見張《みは》りが役目や」押《お》しても引いても動かない。

多分、泳げないんだとわしは感じた。

そのとき、

「Aちゃんがおぼれている！」と、悲鳴が聞こえた。どんのろ先生のすぐ目の前だ。

あわてたどんのろ先生、ネットボールをつかんで駆《か》けだした。どうも浅瀬《あさせ》が急に深まっている場所らしい。

助けられたのは二人。つまり、どんのろ先生も一緒《いっしょ》に助けられたということだ。

その先生が担任《たんにん》の先生になったわけだ。どうも頼《たよ》りにならなさそうな感じでいた。ある日、教室で防空《ぼうくう》訓練をした。敵機《てっき》が来襲《らいしゅう》し爆弾《ばくだん》が落とされたときの練習だ。

先生が言った。

「今は警戒警報《けいかいけいほう》の時間だ。教室の中をぐるぐる歩いておけ」

四十名ほどの児童が歩くと、当時は床《ゆか》は板張りだから下の教室にも響《ひび》くことになる。

「右回り！　左回り！　歩調をとれ！」

なかには、どんどこどんどこ床を踏《ふ》み鳴《な》らす者もいる。

「敵機降下《こうか》！　机《つくえ》の下に隠《かく》れろ！」

ガタガタガタ、机の下に潜《もぐ》りこむ。

「しりが出とる！」「爆弾で目が飛び出すぞ！　目を押さえろ」

「鼓膜《こまく》が破《やぶ》れる、耳も押さえろ！」

そのとき、階下の女先生がどなりこんできた。

「下では音楽をしているんです。オルガンの音も聞こえません。下の教室のことも考えてやってください」

どんのろ先生、丸坊主《まるぼうず》頭《あたま》をかいて、

「すみません　すみません」

ペコペコと頭を下げた。

「今日の防空訓練はこれで終わる。……では、教育勅語《きょういくちょくご》*を出して」

「先生が、まず範読《はんどく》する」

校長先生のような口調で読みだした。それでも調子が違《ちが》うのだ。「朕《ちん》思うに……」だれかがくすくすと笑った。

みんなもがまんしきれずに、ワッハッハッハッハッハ。大声の大笑い。

「何がおかしい！　初めから読み直す。」

「朕思うに……」

みっちゃんは腹《はら》を押さえたが、がまんの限界《げんかい》。隣《となり》のまさと君と目が合うと暴発《ぼうはつ》。

中川君《なかがわくん》は足をばたつかせて大笑い。

「西原《にしはら》と中川！　後ろに立っとけ！」

「声が小さいと兵隊に行って伝令もできねぞ、大きな声で練習しろ」

みんなは、わあわあと大声をあげて練習をする。細谷君《ほそやくん》は「朕《ちん》思うに」だけを繰《く》り返《かえ》し叫《さけ》んでいる。

「朕思うに！」「朕思うに！」「朕思うに！」……

教室の前の戸がガラッと開いて、隣《となり》の男先生が顔を出した。

「ちょっと静かに授業《じゅぎょう》をしていただけませんか、朕思うにがよく聞こえて気になりますが」

老眼《ろうがん》の眼鏡《めがね》をちょこんと上げて、どんのろ先生を見て言った。

どんのろ先生、ピョコピョコと頭を下げてはわびる。

「静かにしろ！　明日までよく覚えてくるように」

「先生、質問《しつもん》があります」たあ君が言った。

「なんじゃ？」

「今、空が黄色ですがどうしたんですか。どこかで爆弾《ばくだん》が落ちたんですか」

外を見たどんのろ先生、頭をしきりにひねりながら、

「ほんまじゃのう？　どうしてじゃろうか。わからん。こんなことは初めてじゃ。後から校長先生にでも聞いておく。……何か不吉《ふきつ》な予感《よかん》じゃのう」

休憩《きゅうけい》の鐘《かね》が鳴り外に出た。

学級園の中に卒業記念樹《きねんじゅ》を植えるらしい。

周りにスコップやくわやらがたくさん散らかって穴《あな》が掘《ほ》られている。

どうも大きな石がじゃまになって動かないらしく、四、五人の先生たちが困《こま》っている。

「どうすれば抜《ぬ》けるじゃろう」と黒山の人だかりがして見守っている。

そのときやってきたどんのろ先生、その石に手をかけて「ううん！」と力を込《こ》めて引き抜いた。周りからの拍手喝采《はくしゅかっさい》。

話によると、どんのろ先生は学校一の力持ちらしい。みっちゃんは初めて受け持ちの先生に誇《ほこ》りを感じた。


それから、二日目のことである。全校集会があった。

今日はなんだか雰囲気《ふんいき》が違《ちが》っていた。朝礼台が二つも置かれていて、楽隊まで出ている。

間もなくファンファーレの音が響《ひび》いて、君が代の演奏《えんそう》とともに日の丸が掲揚《けいよう》された。

どんのろ先生がたすきを掛《か》けて朝礼台に上がった。

「祝・帝国《ていこく》軍人出征《しゅっせい》」と書いてある。

もう一つの朝礼台の上に校長先生が軍服姿《ぐんぷくすがた》で上がった。

「〇〇先生は見てわかるように、帝国軍人として出征されることになりました。お国のために一命をなげうって戦地に行かれるわけであります。おめでたいことであります。先生は先日、二十才の徴兵検査《ちょうへいけんさ》で甲種合格《こうしゅごうかく》となられ、われわれはうれしくて誇《ほこ》りに思っておりました。先生の武運長久《ぶうんちょうきゅう》を心よりお祈《いの》りいたしましょう」

天皇陛下万歳《てんのうへいかばんざい》！　〇〇先生万歳、万歳！　が三唱され、ラッパの音が響《ひび》いて式が終わった。

校門から見送ってからの先生の消息はいまだ聞いたことがない。

＊教育勅語《きょういくちょくご》……一八九〇年発布《はっぷ》。儒教的道徳《じゅきょうてきどうとく》と忠君愛国《ちゅうくんあいこく》を中心に国民道徳《どうとく》の大綱《たいこう》を示《しめ》したもの。

（松村明・三省堂編修所・編『大辞林』三省堂、一九八八年）

57　どんのろ先生

運動靴《うんどうぐつ》と草履《ぞうり》

そのころ、学校の靴箱《くつばこ》には草履《ぞうり》が並《なら》んでいた。稲《いな》わらで作った草履なんだ。丸っこいのもあれば長細いのもある。なにしろ手作りだからな、さまざまな形だ。時にはかかとに布《ぬの》を織《お》り込《こ》んだのもある。これは上等の履物《はきもの》だ。かかとに穴《あな》があいたのもあちこちあるね、すり切れてしまったんだ。

とびぬけて上等なのが運動靴なんだよな。だがそれは数えるほどしかない。なにしろ戦時中だからゴムは戦争にみんな持っていかれるんだ。日本ではゴムの木は育たない。ゴムは貴重品《きちょうひん》なんだ。どこの店だって運動靴なんて売っていない。

そんなことで玄関《げんかん》の靴箱には草履が並んでいたというわけだ。草履には名前は書けないが、他人の草履とまちがえるようなまぬけはいなかったな。

雨の日には草履がげたに変わる。そのころ、舗装《ほそう》した道なんてないから、雨が降《ふ》ると道がぬかるむので草履では歩けない。それでみんなげた登校だよな、カラカサさしてな。にくったらしいやつがそばを通るとくるっと傘回《かさまわ》しするんだ。あれ、雨水がヒュウーと飛ぶから気持ちいいんだ。もちろん長靴なんてしゃれたもんあるわけがない。靴箱がげた箱に変わるんだ。当時は靴箱と言わないでげた箱と呼《よ》んでいた。シューズボックスなんてしゃれた言葉はなかった。もしあったとしても横文字を使うことはご法度《はっと》だったからね。今でもわれわれはげた箱と呼んでいるがな。

学校で年に何回か学級に運動靴が配給されることがある。といってもクラス五十人あまりにたった二足か三足なんだよな。

担任《たんにん》先生のことを陰《かげ》で「ヒゲ」と言っていた。

「ヒゲが来た！」

偵察《ていさつ》係の一声で、騒《さわ》いでいたみんなは、急いで席に着いた。

担任のヒゲ先生が教壇《きょうだん》に立って、口ひげを横になで上げて言った。ひげを横になで上げるときは大事のときに決まっている。

「今日はみんなきっちり席に着いていた。そこでほうびに靴を配給する。この運動靴だ」

そう言って、黒板の上のくぎに白い運動靴をぶらさげた。

「〇文《もん》の靴が一足配給された。この足に合う者でくじ引きをする。足の長さを計って、それに当てはまる者は前に出てこい」

当分、靴《くつ》をはいたことのない子どもたちは、がやがや言いながら、竹製の物差しを出して足に当ててみる。そのうち二十人ほどが教卓《きょうたく》を取り囲んだ。

「おまえら、申し合わせたように、みんな足の長さが同じか。背《せ》の高さがでこぼこで足だけは同じ寸法《すんぽう》か。もう一度よく計り直して出直してこい」

「先生！　これから大きくなるんで、三センチぐらい違《ちが》ってもいいですか？」

「三センチではガバガバじゃろう。おまえはいてみるか。まあ、一センチの差は認《みと》めてやるか」

「先生！　靴の先に綿《わた》をつめたらはけます。二センチでもいいのでは……」

「おまえ、ばかか。靴は五十人に一足しかないんだぞ！　一センチの差なら認めると言ったろう」

先生は紙に鉛筆《えんぴつ》で棒《ぼう》を引いてくじ引きを作った。当たりくじは勝君《まさるくん》。

「やったあ！」

勝君、席を立って両手を広げた。もちろん、はずれた者たちのため息が聞こえた。次の配給がいつになることやら。

「へ、へ、へ、へ」

ひょうきん者の勝君、みんなを振《ふ》り返《かえ》り振り返り、敬礼《けいれい》しながら前に出て両手を頭の上に差し上げて靴を受け取ろうとする。

「勝君、おまえ運が強いのう。早速《さっそく》はいてみろ」

「え！」

勝君の顔色が変わった。

「どうした。なぜはかん？」

「はい、すぐはきます」

勝君、一生懸命《いっしょうけんめい》足を突《つ》っ込《こ》むがどうも窮屈《きゅうくつ》らしい。

「がまんしてはきます」

「がまんしてはくとはどういうことじゃ？　おまえの足は、前に出たとたんに伸《の》びたのか」

「…………」

「何？　一センチの差は認めると言った？　一センチも短い靴におまえの足が入ると思うのか。家からこんなかっこうで、学校にひょこりんこひょこりんこ……やってくるのか」

ヒゲ先生がヒョコリンヒョコリンとやったので、教室じゅうが大笑いだ。

神妙《しんみょう》なのは勝君だけ。

次の瞬間《しゅんかん》、ヒゲがどなった。

「ごまかそうとする根性《こんじょう》が悪い。倉庫に入っておけ！」

倉庫というのは教室の前にあるおしおき場のことだ。

信君《のぶくん》が言った
「勝君《まさるくん》は靴《くつ》を売って、小づかい銭《せん》をもうけようとたくらんだな」

「そう言うたるなあや。大事な弟にはかせようという兄貴心《あにきごころ》なのよ」

よっ君がしきりに援護《えんご》する。

勝君、友達《ともだち》の方に向かって、わざと顔をゆがめてみせてから、自分で倉庫の中に入って戸を閉《し》めた。倉庫の中は窓《まど》がなく真っ暗である。

そんな中に三十分もいたら変になる。なにしろ、目をしっかり開けても何も見えないんだからね。

ヒゲ先生は子どもに時々罰《ばつ》をあたえる。教室に座《すわ》らせて居残《いのこ》りをさせたりするが、時には残したことを忘《わす》れて帰ってしまうことがあるんだ。この前だって、小川君《おがわくん》をおしおき倉庫に入れてすっかり忘れて帰ってしまったもんな。

明くる朝、空は晴《は》れ渡《わた》っていた。

全校朝会の後、ヒゲ先生が朝礼台に立って言った。

「今朝は雲一つないよい天気だ。こういうのを日本晴れという。実に気持ちがいい。こんなとき、汗《あせ》を流すとますます気分がよくなる。そこで、今日は稲刈《いねか》りを手伝うことになった。兵隊に出征《しゅっせい》されておられる農家に行って、勤労奉仕《きんろうほうし》をすることになった。米は一粒《ひとつぶ》たりとも大事なもの、無駄《むだ》にしないようにていねいにやってほしい」

今朝、先生たちが作業着を着て、稲刈り鎌《がま》を持っていたのはそのためだったんだ。稲刈り鎌は普通《ふつう》の鎌と違《ちが》って、刃《は》がのこぎりになっている。みっちゃんたち農家の者にとって、稲刈りの手伝いは毎年のことでしんどいとは思わないが、町の子にとっては大変な労働だ。

ザクザク　ザクザク

ザクリ　ザクリ

わあわあ言いながら稲を刈る。

「ああ、のどがかわいた！」

勝君が百メートル先まで聞こえるような声で言った。

「わしもよう！　ああ水がほしい！」

よっ君《くん》が離《はな》れた向こうから応答《おうとう》した。

空は青空、日差しは強い。

それを聞いて先生が言った。

「兵隊さんのことを思ってがまんしろ」

それはヒゲ先生の口ぐせだった。

そのころ、遠足以外では水筒《すいとう》を持ち歩いたことがなかった。

「がまん　がまん、きたえる　きたえる」

そのころ、「がまん・鍛《きた》える」が教育方針《ほうしん》だ。

みんながくたびれかけた昼近く、警戒警報《けいかいけいほう》のサイレンが鳴った。

「ウ――――ウ――――ウ――――」

県内に敵機《てっき》が来襲《らいしゅう》したという予報だ。

近くに防空壕《ぼうくうごう》がないから、みんなはあわてて学校に走り帰って教室に入る。

勝君《まさるくん》とみっちゃんは学校に着くなり水道を目指した。

「ああうまい！」

ゴクン・ゴクン・ゴクン
腹《はら》いっぱいに水を飲んでお腹《なか》をさすった。

「いま水など飲むときか。爆弾《ばくだん》でも落とされたらどうする。すぐ教室に入れ！」

ヒゲ先生のどなり声が二階から飛んできた。

何日か経《た》ったころ先生が図工の時間に、わら草履《ぞうり》を黒板にぶらさげた。

「今日はこれを作る。先日、勤労奉仕《きんろうほうし》に行った農家の青山《あおやま》さんから、上等な稲《いな》わらをもらってきた。今日はこれで草履を作る。作ったことがある人？」
四、五人が手を挙げた。
「体験者は少ないんだな。先生のやることをよく見ておけ。材料づくりはごみがするから運動場に出てやる」

そう言って、よっ君らに道具を持たせて運動場に出た。

今日は天気はよいが風が強い。

座《すわ》り込《こ》んで聞いている子どもの前に、ヒゲ先生は大きな稲束をさげてきてどすんと置いた。とたんに稲わらのごみくたが風に乗って舞《ま》い上《あ》がる。

「うわあ！　かなわん」

子どもたちが口と鼻を両手でふさぐ。

「それぐらいのことで騒《さわ》ぐな。おまえらは日本男児じゃろう」

この『日本男児』もヒゲ先生の口ぐせだ。

今の子どもたちは、作りやすいように加工した材料をもらえるが、そのころは何でも自分で材料を用意しなければならん。例えば、笛を作るときは竹やぶへ行って自分で竹を切ることから始まる。もちろん、人様のものを黙《だま》って切るわけにいかん。

「明日、笛を作る。竹を持ってこい」

そんな調子だ。

それで、自分でなんとかしなければ何にも始まらん。親も先生もそこまではしてくれない。それで自分の手で支度《したく》することになる。これが当時の当たり前の道理なのだ。

ヒゲ先生、話を続ける。

「まず、この稲わらのあくた《（小さなごみ）》を取りのぞいてきれいにする。それを束ねて、水で湿《しめ》しながら回し回し木槌《きづち》で叩《たた》いてしなやかにする。先生のやることをよく見ていてまねをすればいい。それでは材料づくりを始め！」

勝君《まさるくん》とみっちゃんが二人一組だ。

勝君が稲わらを石垣《いしがき》に叩きつけてあくたを落とす。このやり方は各人ばらばらだ。

次に、長石《ながいし》の上にわらを置いてみっちゃんが木槌で叩く。

ドスン　ドスン　ドスン

わらのにおいが鼻にくる。悪いにおいではない。勝君が時々バケツの水をひしゃくでくんでは、口にふくんでわらに吹《ふ》きかける。そして、わらをくるっと回転させるのだ。

ドスン、くるり　ドスン、くるり
地響《じひび》きを立てながらわらを叩くが、木槌は大人用だからとても重い。だんだん汗《あせ》が出てくる。

勝君はというと、時々、ふくんだ水を人の背中《せなか》に向けて吹きつける。

「うわあ冷たい！」

「勝君が水をかける！」

先生に向かって叫《さけ》ぶが、先生は知らんふりをして縄《なわ》をなっている。

そのうち水のかけあいが始まった。

先生はできた縄を足にからめてわらを継《つ》ぎ足《た》しながら編《あ》んでいく。口にわらを一本くわえて編むところがかっこいいんだな。最後に縄をぎゅうっとしぼると形のできあがり。それに鼻緒《はなお》の縄をつけて完成だ。

先生はいちいち手をとっては教えてくれない。足に縄をかけるところだけはていねいに教えたが。

「あとは、見て覚え！」

職人《しょくにん》の親方のやり方だ。

勝君《まさるくん》が「先生教えて」と言ったら、「おれの技《わざ》を盗《ぬす》め」と言われた。うちのじいさんと同じことを言う。

無理もないよな、一組に五十人あまりもいるんだから一人ひとりにかまってはいられない。それで、お互《たが》いで教え合うことになる。

「先生、この間ぼくを忘《わす》れてたね」

先生の隣《となり》で草履《ぞうり》づくりをしていた勝君が先生をのぞき込《こ》むようにして言った。

「何？　なんのことじゃ」

罰《ばつ》で倉庫に入れたことをもう忘れているらしい。

「この間ぼくを倉庫に入れたでしょう。ぼく暗くなるまで中にいたけど、だれも出てこいとは言わなかった。腹《はら》は減《へ》ったし出てみたら、用務員《ようむいん》さんに鍵《かぎ》をかけられるところじゃった」

「いや、忘れとったわけじゃない。勝君ならしん君のように親が探《さが》しにくるまでおるような子ではあるまい。そう思って安心して帰ったんじゃ……。そりゃあ悪かったのう。ハッハッハッハッハ」

そのとき、よっ君が言わなくてもよいのに後ろから口を出した。

「先生、勝君、本当はねえ、先生の姿《すがた》が職員室《しょくいんしつ》へ消えたらさっさと家に帰ったんですよ」

「何！　この勝！　それじゃあ罰をしたことにならん。勝！　今日は説教じゃ、残っとけ」

放課後、勝君がよっ君に言った。

「今日の約束、先生忘れとるよなあ。メジロとりの約束しているんだ。おれ帰る。もし聞かれたら、先生を探していたけど帰ったと言っといてよな。じゃあバイ！」

勝君、ランドセルを背負《せお》った。そして、階段《かいだん》の手すりをまたいですべりおりた。校庭に出ると二階に向かって大声で叫《さけ》んだ。

「よっ君！　今の話、先生に聞かれたら、の話どう！」

勝君、ランドセルの音を立てながら、道の真ん中を走りだした。

そして、もう一度振《ふ》り向《む》いて叫んで走りだした。

「先生に聞かれたときの話どう！」

明くる日の朝会後、豊《ゆたか》先生が玄関《げんかん》のげた箱を見てヒゲ先生に言った。

「ほう、これは草履《ぞうり》の品評会《ひんぴょうかい》ですのう。仁王様《におうさま》のはくような草履もありますなあ、ひょっとして勝君の作りですかいのう」

「お察しの通り、大きすぎてこれじゃあ歩きにくいですなあ」

「ひょっとして勝君、草履をさげて、裸足《はだし》で歩いてきたんじゃないですかねえ。ハッハッ

ハッハッハ」

豊《ゆたか》先生、大きな体をゆすって笑った。

「これ、二日もはいたら破《やぶ》れますなあ」

ハッハッハッハッハッハ
ヒゲ先生、勝君《まさるくん》の罰《ばつ》のことなどすっかり忘《わす》れているようである。

戦争が　よっちゃんを　奪《うば》ったのです

よっちゃんの家は、みっちゃんの家のすぐ下にあった。家は農家で、お父さんは長いこと、隣保班長《りんぽはんちょう》＊をしていた。

みっちゃんとは、わしが子どものときの呼《よ》び名《な》で、よっちゃんより三つ年下じゃった。「みっちゃん、みっちゃん」と言うて、よくかわいがってくれたもんじゃ。

よっちゃんは、勉強もよくできて校友長（生徒会長）だった。行進のときには、一五〇〇名の先頭に立って、サーベルを抜刀《ばっとう》して歩く。「校長先生に対して敬礼《けいれい》！」と号令をかける。みっちゃんのあこがれのお兄さんだったんじゃ。

よっちゃんが高等科二年生のときだ。今でいう中学二年生。学校で特別朝会があった。いつもは朝礼台に上がって号令をかけるよっちゃんが、今朝はどうしたわけか、赤くて太いたすきを掛《か》けて立っている。その顔はすごく緊張《きんちょう》しているように見える。

たすきには、何か墨《すみ》で書いてあるがむずかしくてよく読めん。

校長先生はいつものように、軍服姿《ぐんぷくすがた》で朝礼台に上がった。今日は特別にたくさんの勲章《くんしょう》が胸《むね》につけてある。

「おほん」せきばらいをして全校児童を見回した。いつもの様子とは違《ちが》うのだ。

「ここに立っている津川義隆《つがわよしたか》君ら三名は、日本帝国《ていこく》のために、学徒動員志願兵《しがんへい》として広島へ行くことになった。命をかけて行くのです。戦争には勝たねばならんのです……」

口ひげの校長先生が朝礼台から下りると、よっちゃんが敬礼《けいれい》をして台に上がった。

「みなさん！　わたくしたちはお国のためにがんばってきます。学校のことはよろしくお願いします」

りんとした響《ひび》くような声だ。

一五〇〇名のみんなが一斉《いっせい》に拍手《はくしゅ》をした。「万歳《ばんざい》」を三唱して、軍隊ラッパが鳴って、送別式が終わった。

その日、みっちゃんは落ち着かない。遊んでくれていたよっちゃんが、明日からいなくなるのだ。

よっちゃんが家に帰るのを待ちかねて聞きにいった。

「よっちゃん、どうして志願して広島に行くん？」

「これも日本のためじゃ。広島は尾道《おのみち》より大きい町じゃぞ。道路の上を電車が走っとる、おまえ見たことがないじゃろう。お城《しろ》もあるし大きな建物《たてもの》もある。わしは大きなところへ行きたいんじゃ、尾道では狭《せま》い。もっと広いところが見てみたいんじゃ。いろんな経験《けいけん》をして、えろうなって帰ってくるけえのう。おまえもしっかり勉強せえよう」

いつものよっちゃんと違う言い方だ。

「これはもう使わんからみっちゃんにやる」

そう言って、使っていたそろばんを一つくれた。そのそろばんは、今でも家に置いてある。

それから四か月も経《た》たないうちに、広島に原爆《げんばく》が落ちた。

「広島に大型爆弾《ばくだん》が落ちたそうな」

「広島は火の海になり、全滅じゃそうな」

「その爆弾の光に当たると、体がくさるということじゃ」

周りの人たちは、こう言いながら大騒《おおさわ》ぎをしていた。

みっちゃんはよっちゃんのことが心配でたまらない。早速《さっそく》よっちゃんの家に行ってみた。

おじさんはいつもより青い顔をしている。いらいらしているなと思った。奥《おく》さんを二年前に亡《な》くしているんで相談する人もいないんだな。

「おじさんどうするん?」

「すぐにでも広島に行きたいんじゃが、おいそれとは汽車に乗れんからのう」

「困《こま》った。困った」を連発しながら、庭を無造作《むぞうさ》に歩いていた。

ちょうどそのとき、サイレンが鳴りだした。

「ウ――――ウ――――ウ――――」

警戒警報《けいかいけいほう》だ。敵《てき》の飛行機が広島県内に入ったという合図《あいず》だ。

みっちゃんはとたんによっちゃんの家に上がって、ふとんに潜《もぐ》りこんだ。

なにしろ大型爆弾《ばくだん》の光に当たると、体がくさるという話を聞いていたからだ。

それにこの間、よっちゃんの畑の近くに爆弾が二発落ちて大穴《おおあな》をあけたのだ。あのときは不意をつかれて警戒警報も何もなかった。ど～んど～んというものすごい音がして、戸がゆれてガラスが一枚割《まいわ》れた。

ふとんに潜って間もなくだ。サイレンの音が空襲《くうしゅう》警報に変わった。

「ウー・ウー・ウー・ウー・ウー」

飛行機の爆音が聞こえてきた。B29が編隊《へんたい》を組んで飛んでいる。

「防空壕《ぼうくうごう》に入っとけ!」

よっちゃんのお父さんの甲高《かんだか》い声。みっちゃんはふとんから飛び出して、よっちゃんちの防空壕に走《はし》り込《こ》んだ。そして、両手で目と耳をしっかりふさいだ。これは、いつも学校で訓練していることだ。こうしておかないと、爆弾が落ちたとき目玉が飛び出して、鼓膜《こまく》が破《やぶ》れて耳が聞こえなくなるからだ。

明くる日、よっちゃんのお父さんは、これからすぐ広島に行くと言った。

でも、そのころは、おいそれとは汽車に乗れないんだ。切符《きっぷ》を買うのに朝から晩《ばん》まで並《なら》んで、やっと切符が手に入るぐらいだ。それに、汽車も満員だったから、何回も満員通過《つうか》してしまう。

そのころは、食べ物も売っていない時代だから、よっちゃんのお父さんは、おむすびをたくさん作って広島へ向かった。

おっ　これが広島？　焼け野が原
あっちで　こっちで　煙《けむり》がくすぶる
鼻をつく　人を焼いたようなにおい
けがをした人が　支えられて歩く
そんな中、ただただ「義隆《よしたか》。義隆」

探《さが》し歩《ある》く　よっちゃんのお父さん

「うちの義隆《よしたか》は生きとるんやら、死んどるんやらわかりゃせんかった」

そう言って、よっちゃんのお父さんがしょんぼりとして帰ってこられた。

それから何か月かが経《た》って、よっちゃんと一緒《いっしょ》に学徒動員で行った人が帰ってきて、よっちゃんの家をたずねた。

「ぼく、入院していたんです。あの日、よっちゃんと同じ工場の建物《たてもの》の中で働いとりました。もう逃《に》げるんがやっとじゃったです。柱が倒《たお》れ火事が起こる。必死でした。よっちゃんは逃げおくれたようです」

その人はそれだけ告げて帰っていった。

「だけど本当は、柱の下敷《したじ》きになっていた。必死で助けようとしたがどうにもならん。よっちゃんのお父さんには、そんなむごいことはよう言わなんだ。ふすま越《ご》しに仏壇《ぶつだん》に向かって、あのとき、救えなくて許《ゆる》してねって心で手を合わしたよ」

友達《ともだち》にそう話して、どっかへ旅立っていったそうだ。

よっちゃんのお父さんは、みっちゃんに何回も言った。

「うちの義隆は死ぬはずがない。元気で行ってくる。そう言うて家を出たんじゃけえの、どこかの病院に入っているんじゃろう」

お父さんは、晩《ばん》になると玄関《げんかん》の外灯を灯《とも》して、毎日、毎日よっちゃんを待っていた。

よっちゃんはあととり息子《むすこ》なので、家を継《つ》ぐはずじゃった。でもそのうちに、お姉さんがおむこさんを迎《むか》えて家を継いだ。

時が経《た》って、原爆《げんばく》の日から四〇年以上も過《す》ぎたころ。

よっちゃんのお父さんの頭はもう真っ白だ。それにところどころがはげている。

「原爆のあとすぐ広島へ行ったんで、放射能《ほうしゃのう》にやられたようじゃ」

そう言って、はげた白髪《しらが》頭をなでまわす。

よっちゃんのお父さんもだんだん年をとっていった。そのうちに杖《つえ》をつきながら、毎日バイパスのところに出て、車の流れを見るようになった。

そのとき、ふっと気がついたんだがね。よっちゃんのお父さんはいつも西の方を見ているんだ。

西の方角は広島。

山の向こう、八十キロも離《はな》れた場所に広島がある。

今日帰るか、明日帰るか、毎日待ちわびながら、四十年あまりも時が経ってしまったん

祝学徒出陣

だよね。

そのよっちゃんのお父さんも、三十年ほど前に亡《な》くなってしまった。

みっちゃんは、八月六日がくるとよっちゃんのことを思い出す。昨日《きのう》のことのように、目の前に浮《う》かんでは消えるんだ。

みっちゃんは空が飛びたくて、家でいちばん大きな傘《かさ》を広げて、がけから飛《と》び降《お》りたことがあるんだ。

もちろん、傘はじょうごになって、人間がすとんと落ちた。

「そんなに飛びたいんだったら、大きな飛行機を作ってやろう」

よっちゃんは青竹を割《わ》って、翼《つばさ》が三メートルもある大きな飛行機を作ってくれた。

新聞紙を張《は》って、それに柿《かき》の渋《しぶ》を塗《ぬ》って紙をじょうぶにするんだ。メリケン粉を炊《た》いてのりを作ったり、柿をつぶして渋汁《じる》を作るのはみっちゃんたちの役目だ。

みっちゃんが飛行機につかまって、よっちゃんたちががけの下から引《ひ》っ張《ぱ》る。

せっかく作った飛行機も三メートルも飛ばないうちに、どすんと落ちてめちゃくちゃにこわれた。

「はっはっはっ。こりゃあいけん」

よっちゃんの笑った顔が、七十年を過ぎた今も昨日のように浮《う》かんでくる。
原爆《げんばく》がよっちゃんを奪《うば》い去《さ》ってしまったのです。
戦争がよっちゃんを殺してしまったのです。

＊隣保班《りんぽはん》……町内会の各班（隣《となり》近所のグループ班）。今でも言うところはある。

2部　地域《ちいき》での遊び（子ども三人組）

●主要登場人物●

みっちゃん

話を語る「みちじいさん」の子どものころの呼《よ》び名《な》。小五。一級上の、のうちゃんとはくっつきまわる、楽しい遊び仲間。

のうちゃん

小六。みっちゃんの兄貴分《あにきぶん》。度外れたいたずらもするが、活動的で快活。非農家《ひのうか》で食料不足から「おら腹減《はらへ》った」が口ぐせ。イカケ屋のお父さんの手伝いをよくする。

よっちゃん

中二（＝高等科二年）。頭のよいリーダー。軍隊行進では一五〇〇人の先頭に立って歩き、抜刀《ばっとう》して「校長先生に敬礼《けいれい》」と号令する。時々、みっちゃん、のうちゃんを海水浴に連れていってくれる。「よっちゃんが一緒《いっしょ》ならいいよ」と、親たちの信頼《しんらい》も厚《あつ》い。

野いちごとしょんべん

これはわしが子どものころの話じゃ。

今でも田舎《いなか》に行くと、野いちごが取りほうだいのところがあるんかいのう。


今日はよう晴れとる。

みっちゃんは学校からの帰りが楽しみだ。

なにしろ、野いちごが食べほうだいの場所があるんだ。

ランドセルをガチャガチャさせながら、田んぼの小道を小走りに帰る。

草でおおわれたこの小道、ちょっとした注意が必要だ。時に道の真ん中に蛇《へび》が横たわっとる。それさえ注意すれば蛇を踏《ふ》んづけることはない。蛙《かえる》などは跳《と》んで逃《に》げるしな。あとは野いちごのあるがけに着くだけだ。

今日も、野いちごが赤くうれて（熟《じゅく》して）食べごろだ。

みっちゃんは、ランドセルを置くとおいしそうなのからもぎとっては、どんどん口に入れていく。歯に小さい種が小気味よくはじける。

「ああうまかった！」

食べ終わって赤く染《そ》まった口元を手でぬぐう。それから、筆箱の中身をカバンの中にうつしこんで、からっぽにする。

深い筆箱の中に熟したいちごをいっぱいに入れる。これは弟のためのおみやげだ。

そんなある日のこと。

「今日もいちごを食べて帰ろう」と
みっちゃんは鼻歌まじりで小道を上っていった。

いちごの場所は、丘《おか》に登りきるちょうど真ん中あたりにあり、休むのにもってこいの場所だ。

おや、今日はその場所に上級生たち五、六人がたむろしている。

「困《こま》ったぞ、どうしようかのう」

近づいたとき、そのなかのいちばんどでかいのが言うた。

「おいおまえ、ここのいちご、独《ひと》り占《じ》めにしているな。ここはわしらの縄《なわ》ばりにするけえの……文句《もんく》あるか！」

上からのぞき込《こ》むようにして、みっちゃんに大きな顔を近づけた。

そのすごみに、首を横に振《ふ》るしかない。後ずさりしながらあとは一目散。

みっちゃんは家に着くなり、一つ年上の、のうちゃんに相談にいった。

「あの場所を取られたら面白《おもしろ》うないど」

のうちゃんはそう言うと、早速《さっそく》みっちゃんを従《したが》えて、野いちごの場所に走った。

「なんじゃこりゃあ？　立て札がしてある」

『ここの野いちご食うべからず、
　小便ひっかけた』　〇印

この立て札、上級生の仕業《しわざ》だ。

「しょんべんかけられたら、ここのいちご、もう食えんのう」

みっちゃんががっかりした口調でのうちゃんに言う。

「雨が降《ふ》るのう待つんじゃのう。それとも洗《あら》って食うか？」

「どの辺までしょんべんひっかけたと思う」

「やつら背《せ》が高いけえ、ここぐらいかのう」

「ピーッと出したらもっと上かもしれんど、みっちゃん、やってみろ」

のうちゃんがみっちゃんをからかった。

「よっしゃ、高いところは大丈夫《だいじょうぶ》じゃ。わしが馬になる」

のうちゃんがそう言って、みっちゃんを肩車《かたぐるま》した。

みっちゃんは肩車されたまま、のうちゃんの麦わら帽子《ぼうし》に、ありったけの野いちごをつみとった。

明くる日、上級生たちがはしごを持ってきたが、のうちゃんたちがつみとった後だ。

その明くる日、のうちゃんは学校で頭にたんこぶを一つつくった。

上級生に一発くらわされたのだ。

「おまえら大きいくせに、頭が悪いのう。重たいのにはしごまで持ってきても、すってんてん。わしら肩車で、へのへのへよ」

のうちゃんがからかって逃《に》げようとしたが、足の速さが違《ちが》う、とっつかまってごつんとやられた。

いちごは毎日うれる（熟《じゅく》す）が、決まってあの場所にやつらがいるので、近づけない。

のうちゃんはくやしくてしかたがない。

三日ほどして、のうちゃんは、仲間を十人ほど連れてきた。

しょんべんの飛ばしっこだ。

「だれがいちばんよう飛ばすか」

「ようい始め！」

いちごのがけの上から追い風にのせて、一斉《いっせい》に放水。

のうちゃんは、がけ下に陣取《じんど》って
「もっと振《ふ》れ！　もっと、もっと出せ！」

と叫《さけ》ぶ。

放水が終わると、のうちゃんは、上級生が立てた立て札の、小便と書かれたところを、赤のクレヨンでぐるぐると囲んだ。

そして、上級生たちがやってくるのを今か今かと待った。

「来た来た、隠《かく》れろ隠れろ！」

木陰《こかげ》でじっと息をこらす。

「夕立《ゆうだち》も降らんのに、ぬれた感じじゃのう」

「ちょっと小便くそうないか？」

この野いちご
食べるべからず
小便ひっかけた

「気のせいじゃろう」

そう言いながら、上級生たちは野いちごを取っては口へ、取っては口へ持っていく。

「ざまあみろ」

そう言ってのうちゃんは、だいぶん小さくなったたんこぶをさすりながら、「くっくっくっ」と笑っていた。

みっちゃんはとうとうふきだした。

「ワッハッハッハ」


それから一年が過ぎた。

あくたれの上級生たちは卒業してもういない。

今日は空がよう晴れとる。

みっちゃんはいちごを食べながら、がけの上に腰掛《こしか》けて、風にたなびく緑の田んぼを眺《なが》めていた。

とんぼつり

みっちゃんはとんぼつりが大好きだ。とんぼつりは昼間やるのだが、どんなに太陽がじりじり照りつけようが、麦わら帽子《ぼうし》をかぶって一時間はやる。

まず、おとりのとんぼをつくる。とんぼの体を糸で結んで飛ばせ、それをおがら*の先にゆわえつける。糸もおがらの長さもそれぞれ八十センチ程度《ていど》だ。これを持って空中で輪をかくように回す。すると、飛んでいるとんぼがこれを見つけて、しがみついてくる。もつれあって落ちたところを手で捕《つか》まえるのだ。

なぜか一つの畑に一匹《いっぴき》いて、畑の周りをぐるぐる回っている。その畑が自分の縄張《なわば》りなのか、外敵《がいてき》を見つけて飛びかかってくるのだ。もつれあったところを、おがらを手前に引いて落として手で捕まえる。魚を釣《つ》り上《あ》げたときの醍醐味《だいごみ》と同じだ。

おとりをいくら回しても、無視《むし》されることがある。こんなときは手がだるくなり、左手に持ちかえる。そして、次に回ってくるのを待つ。

ほかの畑に行ってつればいいのだが、みっちゃんは、どうしてもそのとんぼと勝負したくなるんだ。

とんぼに無視されない方法が一つある。それは、おとりに「めすとんぼ」を使う方法だ。めすだとすぐやってくる。

めすとんぼは畑にはいなくて、めったに見ることができない。たまたま見かけて、網《あみ》で追っかけるが捕まえたためしがない。

めすは池にいるそうだが、行きたくても落ちて死ぬといって、おばあさんが許《ゆる》してくれない。

そこでみっちゃんは、めすとんぼをつくることを考えた。

それは、みっちゃんにとってむずかしいことではない。

絵の具で羽を黄色く塗《ぬ》り、しっぽを赤く塗るのだ。飛ばしてみると、本当にめすとんぼそっくりなのだ。これで、おすをだます。それがうまくいくんだ。

だれもが考えつかぬことだったので、みっちゃんは得意だった。

ある日の夕方、のうちゃんがやってきて、本当のめすとんぼ取りにいこうと言うんだ。

「池ではないよ。校庭なので安心」

のうちゃんがおばあさんにそう言って、みっちゃんに虫かごを渡《わた》した。

「のうちゃん。どんなにしてめすとんぼ捕《つか》まえるの?」

「ついてこい、今にわかる」

のうちゃんは、手ぶらで何も持っていないのに、どうやってめすとんぼ捕まえるんだろう。


夕焼け空が真っ赤な坂道を、二人は歌いながら下りていった。

♪夕やけこやけえの　赤とんぼ～

（作詞：三木露風　『赤とんぼ』より）


小学校の校庭から空を見上げると、数えきれないほどに、とんぼが飛びかっている。蚊《か》などの害虫を食べているのだ。

のうちゃんが、小さい石ころを拾ってきた。そして、五十センチほどの糸を取り出して、両端《りょうはし》に結びつけた。

「みっちゃん。見とけよ、こうやるんだ」

石が重《おも》りになって、糸がくるくると回りながら空高く舞《ま》い上《あ》がった。そして落ちてきた。近寄《ちかよ》ってみると、糸がとんぼをくるくるまきにして捕まえているんだ。

「へ～え。これは、おにやんまだ」

みっちゃんは、たまげてしまった。

「こんなやり方があったのか」

「のうちゃんて、頭がいいんだなあ」

のうちゃんは、自慢《じまん》げに自分の胸《むね》を叩《たた》いて得意げだ。

「おれなあ、空に舞い上げるのが面白《おもしろ》くてやっていたら、たまたまやんまが見つけて近寄ってきたんだ。そしてくるくるまきだ。まあ偶然の発見だ。面白いだろう」

「ようし、やろう」

みっちゃんも小石を拾ってきて「重り糸」を作った。

二人は夢中になって「重り糸」を投げ上げる。

くるくる　くるくるくるくる……

高く　高く　もっと高く……

投げ上げることだけでも面白いのだ。

二人で二十匹《にじっぴき》ほど捕《つか》まえたが、その日は残念ながら、めすとんぼは捕まらなかった。

三日目、のうちゃんがやっと一匹捕まえた。

「これ、やる」

のうちゃんは、めすとんぼをみっちゃんのかごに入れた。

みっちゃんはもうるんるんだ。

暗くなった坂道を我《わ》が家《や》に向かって上る。空には、一番星がきらきらと輝《かがや》いていた。

「明日が早くこんかのう」

＊おがら……麻《あさ》の皮をはがしたあとの茎《くき》（麻の皮は畳表《たたみおもて》の縦糸《たていと》にして使った）

古池《ふるいけ》

古池《ふるいけ》は、わりと広い農業用の古びたため池だ。

このまえ大雨が降《ふ》り続《つづ》いて、土手が切れるかもしれんと大騒動《おおそうどう》した。半鐘《はんしょう》*が鳴り消《しょう》防団員《ぼうだんいん》が雨の中を見守ったが崩《くず》れずにすんだ。おかげでこの夏は水を満々とたたえている。

たあちゃんたちは、この池で泳ぐのが楽しみだ。

今日も、麦わら帽子《ぼうし》にふんどし姿《すがた》で大勢《おおぜい》の子どもたちが、畑の中の道を上っていった。畑まで上るのは寄《よ》り道《みち》となるが、すいかを失敬《しっけい》するためには、暑いぐらいはがまんしなければならない。

「あなた、子どもたちが上っていったわよ」

「よし今日は引っ捕まえてやる」

よたさんは、畑に向かって我が家を飛び出した。

もう年だから、「ふうふう」息を切らせながら上る。

よたさんは流れる汗《あせ》をふきながら言った。

「またやられとる」

畑の中で、いちばん大きなすいかがなくなっている。品評会《ひんぴょうかい》に出すと決めていた自慢《じまん》の一品だ。

「すいかの行き先はわかっとる。古池《ふるいけ》だ」

よたさんは帽子《ぼうし》も置《お》き忘《わす》れて、ひとりごとを言いながら、坂道を「どしどし」と下りていった。

すいかを抱《だ》いて池に着いたたあちゃんたち、まずたあちゃんが飛《と》び込《こ》んだ。

ぼっちゃ〜ん
水の輪が池に大きく広がって、間もなくたあちゃんが浮《う》き上《あ》がってきた。

網《あみ》に入れられたすいかが、土手から池に放り投げられると、たあちゃんが泳《およ》ぎ寄《よ》る。いつものことだが、池に潜《もぐ》っていちばん下の樋《ひ》にすいかを引っかけるのだ。こうしておけば人に見つかることはない。それにそこがいちばんよく冷える場所だ。

ところが、今日はうまくいかない。なにしろ人の頭の二倍ほどもある大きいやつだ。抱きかかえて潜ろうとするが、何度やってもすいかのほうが先に浮かび上がってくる。

さすがに潜り名人、たあちゃんでも手にあまるのだ。

「なんでまたこぎゃあに大きなすいかを取ったんじゃ」

たあちゃんが叫《さけ》ぶと、
見ていた者が「どぼん　どぼん」と次々に飛び込んでいった。

「早《はよ》うせんと、怒《おこ》りおじさんに見つかるど」

わいわい言いながら、やっとのことで沈《しず》めて、いちばん下の樋に引っかけた。

間一髪《かんいっぱつ》、よたさんが小走りに腕《うで》を振《ふ》り振りやってきた。

「おまえら、すいかを取ったじゃろう！」

みんなは立ち泳ぎをしながら、顔を見合わせた。

土手にいるみいちゃんが、伏《ふ》し目《め》をして知らんふりで足元をこする。

そのとき、たあちゃんが言った。

「おじさん見てみ、すいからしいものはどこにも転んどらんじゃろう」

「おかしいのう。そう思ったんじゃが。おまえらでないとすると、昨日の晩《ばん》やられたんか。畑じゅうで、いちばん大きなのう盗《ぬす》まんでもえかろうに、ありゃあ品評会に出すつもりじゃったのにのう」

「おじさん、小さいんなら盗んでもええんかのう?」

「ばかたれが、盗《ぬす》むことがええか悪いかぐらいわかるじゃろうが……わしらがおまえらのときには、小さいのをとるのが常識《じょうしき》じゃった」

よたさんは「このやろう」と言うて、石ころを拾って池に投げた。

石が水の上を五、六回すべって沈《しず》んだ。

「うわあすげえ！　蛙《かえる》の水上跳《と》びじゃ」

「おじさんうまいのう。教えて！」

いつのまにか、みんな土手に上がってきて、よたおじさんを取《と》り巻《ま》いた。

「投げる石は平たくてうすいほうがええ。こうして腰《こし》を低うして横から投げる」

やってみせた石は、七、八回すべって五十メートルも先に沈んだ。

「よし、わしもやる」

みんながそれぞれに投げるが、うまくいかない。

とぼん！　とだけ落ちるのは、みいちゃんの投げた石だ。

「とぼ　とぼ」と五、六回もすべるのは、みのるさんの石だ。

「おじさん、小さいすいかならとってもいいん？」

とうとう、みいちゃんが聞いた。

おじさんは返事の代わりにこう言った。

「すいかというものは、大きいからうまいとは限《かぎ》らんのじゃ、叩《たた》いてみてポンポンと太鼓《たいこ》のようないい音がしたのが、いちばんうれどきでおいしいんじゃ」

よたおじさんはにこにこ顔で、得意そうに話した。

たあちゃんはすいかのことをわびようかと、のどまで出かかったがとうとう言えなかった。「怒《おこ》りおじさん」のあだ名は、このときから、「石投げ名人おじさん」と呼《よ》ぶようになった。

みっちゃんは、古池《ふるいけ》で泳ぐのは好きではない。それにはいろいろとわけがある。第一、盗んだすいかを食わねばならん。第二に泳いでいるとき、時々、虻《あぶ》が飛んできて刺《さ》す、これは痛《いた》い。それに蛭《ひいる》が食いつくことがある。痛くはないが、血を吸《す》うから血が流れる。第三に、時には牛を洗《あら》いにくるんで、牛のふんがぷかぷかと浮《う》く。それに、海のように体がうまくは浮かばないのだ。

たあちゃんたちは、そんなことはまったく気にもとめない。

今日も泳ぎが終わると、すいかを引き上げて木陰《こかげ》に集まる。

隠《かく》し小屋から大きなまな板を持ってきて、その上にすいかをのせた。板は一メートル四角はあるから多分、もちつきのこね板だ。

今度は丸い石を両手に抱《かか》えて持ってきて、すいかをめがけて打ち下ろした。「ザク」という音がしてすいかが割《わ》れた。それに塩をふりかけて食べる。

「おう！　こりゃああまい、上等じゃ」と、みんなでほおばった。

食べかすはスコップで穴《あな》を掘《ほ》って埋《う》める。

まったく手なれたものだ。

「『隠《かく》し小屋』のことは、だれにも言うなよ」

と、みのるさんがみっちゃんに念を押《お》した。

それから一年。

みのるさんは石投げおじさんに挑戦《ちょうせん》し、石投げ名人となってしまった。

石投げおじさんは、すいかの品評会《ひんぴょうかい》で一年遅《おく》れで金賞をもらってすいか名人となった。

それ以来、石投げおじさんのことを、すいかおじさんとも呼《よ》ぶようになった。

この話も七十年前のことである。

＊半鐘《はんしょう》……火の見櫓《やぐら》の上などにつり下げ、火災《かさい》などの警報《けいほう》にたたき鳴らす。
（松村明・三省堂編修所・編『大辞林』三省堂、一九八八年）

よっちゃんと遊んだこと

よっちゃんはみっちゃんより三つ年上。みっちゃんをよくかわいがってくれた。

そのよっちゃん、高等科二年生のとき、今でいう中学二年生のとき。学徒動員兵として広島に行き、原爆《げんばく》で亡《な》くなってしまった。

あれから七十年。今でも、よっちゃんの笑顔《えがお》が浮《う》かんでくる。よっちゃんに遊んでもらったころの話をしようかいのう。


そのころ、このあたりは里山って感じだった。ほとんどが農家で、手入れのゆきとどいたゆるやかな段々畑《だんだんばたけ》が広がっておった。

どの畑にも必ずといっていいほど、大きな柿《かき》の木が一本生えておった。

柿の木は、春は若葉《わかば》でおおわれ、夏はこの木陰《こかげ》でぶらんこを作って乗り、秋は柿の実が真っ赤になる。みっちゃんもよっちゃんも、木に登ってビクをぶらさげて、さおで柿《かき》を取るんだ。冬にはたこあげのたこが、いくつも枝《えだ》に引っかかったまま、冬越《ふゆご》ししていたなあ。

みんな、のんびりとゆっくりと時が流れる。そんな中で暮《く》らしていたんだ。

みっちゃんちのすぐ下が、急な坂道になっていて、その下によっちゃんの家があったんだ。

麦わら屋根の大きな家でね。母屋《おもや》の東側には屋根《やね》がわらの土蔵《どぞう》と牛小屋があって、時々、牛の声が聞こえていた。

「もう～　もう～」と鳴くんだ。

早くえさをくれとな。

牛小屋の前で、よっちゃんのお父さんが稲《いな》わらを刻《きざ》んでいる。

「もうすぐじゃ、待ってくれ」

そう言いながら、牛に食べさせるわらを切っているんだ。

「ザク　ザク　ザク　ザク　ザク」

恐《おそ》ろしいぐらいわらがよく切れる。

わらを切り終わると、さつま芋《いも》のくずを切って混《ま》ぜ合《あ》わせる。

「そうら、ごちそうじゃ」

そう言って、牛の頭をなでてからえさをやる。

みっちゃんは、わら切り機械が動いていないときでも、一メートル以上も離《はな》れて通っていたね。腕《うで》がとぶぞと言われていたんでね。

みっちゃんは、時々、牛小屋に行って牛と話をするんだ。

「おい元気か」「もう～」

「おまえばかか」「もう～」

「腹《はら》、減《へ》ったか」「もう～」

そこでみっちゃんは、芋づるや菜っぱをやるんだ。

えさをやったら、ブリキでできた大きなくしで、鼻の上やあごをこすってやる。牛は気持ちよさそうに首を突《つ》き出《だ》して、ペロリと手をなめにくる。それがとてもかわいいんだ。

みっちゃんにとって、牛と同じように大好きなのがよっちゃんだ。

よっちゃんは校友長をしていたんだ。

校友長というのは、今でいう児童会長のことだがね。そのころ、栗原《くりはら》小学校には一五〇〇人ぐらいの子どもがいたから、これは大変な役目なんだ。

そのころは選挙というものがなかったから、校長先生が校友長を決めたんだよね。

校友長になるとサーベルという刀をさげて、戦闘帽《せんとうぼう》をかぶって兵隊さんの服装《ふくそう》をして、一五〇〇人の先頭に立って行進していく。その点ぼくらは赤帽《あかぼう》しかかぶっていないない一兵卒だ。

校長先生も軍服を着ていてね。朝礼台の上に立っている。その前に来るとよっちゃんは「校長先生に敬礼《けいれい》！」と言って刀を抜《ぬ》いて号令をかける。すごくかっこいいんだ。

家に帰ると、みっちゃんはよっちゃんの腰《こし》ぎんちゃくだった。

腰ぎんちゃくというのは、家来のようにいつも後をくっついてまわる人のことだ。

「おまえらのようなのを、金魚のふんと言うんよな」

近所のたみおじさんにそう言われたもんだ。

よっちゃんは毎日のように、牛を飼《か》いに山に行っていた。そのころの農家の子は、学校から帰るとみんな家の手伝いをしたもんだ。

みっちゃんはよっちゃんの牛飼いに必ずついていく。そうしないとよっちゃんが困《こま》ることもあるんだ。

牛は断《ことわ》りもなく道の真ん中にうんちをするんだ。それが大きいもんだから落ちるとポタ、ポタと音がする。できたてだからね。ほっかほっかの湯気が立つ。

そんなのをやるんだから、ほっておくと道を歩く人が踏《ふ》んづけることになって困《こま》るだろう。だから、そのうんちをすくって歩くのが、みっちゃんの役目なんだ。それで、じゅう*のと袋《ふくろ》をいつも持ち歩くことになる。

みっちゃんにとっては重たいぐらいうんちがたまる。だって、ほかの牛がやったのまで拾わされるんだから。

うんちは持っては帰らない。通りがかりの人にあげるんだ。

「おばさん、これをあげる」

おばさんは、うんちもらって喜ぶよ。

「ありがとう」と言ってね。

うそじゃあないよ。ほんとだよ。うんちもらって喜ぶもんがいるかって思うだろう。

今では考えられないことだけどね。そのころは肥料《ひりょう》が少ない時代だから、牛のふんは肥《こ》やしにするんだ。便所のうんちだってくみ取って、野菜の肥やしにしたんだよ。

ついでに言っておくけどね。坂道になると牛のふんが多いんだ。荷車を引いて力んだとき出るんかなあ。

あるときなんかね。車が急な坂で止まったんで、よっちゃんのお父さんが大声でどなった。

「こら！　こともあろうに坂道で止まって、うんちやるもんがおるか。荷車が下がるじゃろう！」

そう言うてな、牛のおしりを三回も叩《たた》いた。そしたらうんちをひりながら動きだしたんだ。

あのときは、みっちゃんもよっちゃんも、力いっぱいで車の後押《あとお》ししたよな。うんちなんか気にしておれん。

牛を追って山に着くと、よっちゃんは空気銃《くうきじゅう》をやるんだ。そのころ、空気銃という鉄砲《てっぽう》がはやっていたんだ。

初めはだれでもが、稲《いね》の実を食べにくるすずめをおどしていたがね。そのうち、焼き鳥にして食べるために撃《う》つようになった。人間も食べるものが少なくなって、たんぱく源《げん》の補給《ほきゅう》だよね。

だんだん、よっちゃんは鉄砲撃ちの名人になっていった。みっちゃんは撃たれたすずめを拾いにいく役目だ。

時には、かすみ網《あみ》もやったよ。めじろが網にいっぱいかかったときには胸《むね》が震《ふる》えたね。めじろは食べるために捕《つか》まえるんじゃあないよ。かごに入れて飼《か》うんだ。いい声して鳴くもんね。

よっちゃんは物作りの名人だったね。丸太を使って二人乗りの車を作ったよ。お父さんが山から切りだしてきた松の丸太を輪切りにして、車輪にするんだ。車輪の直径《ちょっけい》が三十センチにもなる大松だ。

「みっちゃん、そこを持っとけ、もっとしっかり押《お》さえとけよ」

よっちゃんが、のこで、ごしごしごしごしとひく。汗《あせ》がポッテンポッテンと落ちる。組み立てるときはね。五寸《ごすん》くぎを打つんだ。みっちゃんが叩《たた》いてもくぎはちっとも入らんが、よっちゃんが叩くとゴンゴンと入っていくんだ。

できあがったらまず試運転。よっちゃんが車に乗って坂道を転がり下りたんだ。ブレーキもつけてあるけど、坂が急だから危険《きけん》なんだ。

「そこをどけてえ！」

大声で叫《さけ》んでから「突進《とっしん》！」と言って発車する。

あとは、地響《じひび》きを立てて転がり下りる。

ガーーコロコロコロコロコローー

ガガガガーーーー

ブレーキの丸太の音と木の車輪の音と土ぼこりが舞《ま》い上《あ》がる。

最初は隣《となり》のおばさんが、何事が起こったかととんで出てきたよ。

坂道はでこぼこ道で。それに石ころも突《つ》き出《で》ていたから、時々ひっくり返るんだ。

ひじをすりむいだり、腕《うで》をすりむいだり。もちろん血が出るから、そんなときは、決まってしょんべんをひっかけるんだ。それとも、よもぎをもんですりこむ。治療《ちりょう》はそれだけだ。

しょんべんをひっかけるのは、みっちゃんの役目だ。

「よそ見せずに、ねろうて〔ねらって〕かけろよ」

「ひゃあ～、はしるう！」

よっちゃんは鼻をつまんで、おおげさに叫《さけ》ぶんだ。

みっちゃんも車に乗りたくてしかたがない。

「ぼくにも乗せて」とねだった。

「そんなら、後ろへ乗れ。じゃが、しっかりつかまっとくんどう。絶対《ぜったい》、手を離《はな》すなよ！

わかったかあ」

よっちゃんの背中《せなか》は大きくて温かい。

よっちゃんは何回もみっちゃんを乗せて坂道を下りた。こわいけど、とっても面白《おもしろ》い。

「わし一人で乗ってみたい」

みっちゃんがよっちゃんに言った。

よっちゃんは、鼻の頭を人さし指でかきながら考えとった。

「ええけどのう……そうじゃのう……けがでもされたら、おまえんとこのおばあさん、こんな顔して怒《おこ》ってくるけえのう」

かっと口を開いて、両手の指を角代《つのが》わりにして般若面《はんにゃめん》の顔をしてみせた。

「大丈夫《だいじょうぶ》、わしブレーキもちゃんと引くけえ。頼《たの》む」

みっちゃんは、何回も両手を合わせてよっちゃんを拝《おが》む。

「へえでものう～」

しばらくしてよっちゃんが言うた。

「よしわかった。そのかわり畑からわらを運ばんといけん、みっちゃん、ついてこい！」

よっちゃんはそう言って駆《か》けだした。みっちゃんもそのあとを追う。

わらは五十メートルも向こうの畑のはぜに干《ほ》してある。

二人は一時間ほどかかって、車が突《つ》き当《あ》たる場所に、わらを山ほど積み上げた。

「このわらん中に突《つ》っ込《こ》めば、けがはせん。途中《とちゅう》でひっくり返らんように、ここまで乗ってこにゃあいけんど。途中でひっくり返ったら、下の畑に転落じゃけえのう」

よっちゃんが念を押《お》してわらを指さす。

坂が急なので、車はみっちゃん一人では重くてあげられない。よっちゃんが車の前に縄《なわ》を結びつけて縄を肩《かた》にかけて引《ひ》っ張《ぱ》る。みっちゃんが腰《こし》をかがめて後ろを押すのだ。

いよいよ、みっちゃんの初運転。

みっちゃんは、車にまたがって坂の下を見下ろす。

大丈夫と言ったけど、本当はびくびくなんだ。坂道は急なカーブ。ハンドルさばきをうまくしないと、下の畑に落ちてしまいそうだ。

カーブの坂がすんだら、二十メートルぐらいの平地を走ってわらに突っ込む。それはわかっているのだが、うまくいくとは限《かぎ》らない。

みっちゃんは緊張《きんちょう》した顔でハンドルをにぎりしめた。できるだけ体を後ろに引いて腰を伸《の》ばし、丸太のブレーキをかけてみた。

そして、草履《ぞうり》をはいた足をしっかりふんばって、ぐっとつばを飲みこんだ。足もブレーキになるんだ。

「ようい！」

自分で気合いをかけ、

「どーん！」と言った。

ガラガラガラガラ……ガガガガガ……

ブレーキをかけたが思うほどきかない。

ガラガラガラ……ガガガガガ……

「カーブだ！」

ゴロゴロッゴロゴロ・キキーキーキー……

「どっしん！」

わらの中。

あたりが真っ暗になった。これを気絶《きぜつ》というのか！

「大丈夫《だいじょうぶ》かあ？」「大丈夫かあ？」

よっちゃんが何回もそう言いながら、わらの中に突《つ》っ込《こ》んだみっちゃんを引きずり出した。

何回もそんなことをやってるうちに、よっちゃんのお父さんが牛をひいて、田んぼから帰ってきた。

「おまえらどうしょるんか？　畑のわらあ、みな持ってきて！」

「それに火でもついたら家は丸焼けじゃが。かたづけとけ！」と。

大目玉だ。

あとかたづけが大変だ。もう泣きたいほどだ。どうしてこんなにたくさんわらを持ってきたんだろう。

だが、練習は何回もしてみるもんだ。次の日からは、わらなしでも平気で下りられるようになったんだ。

あんときは、自信がわくってこのことだなと思ったもんだ。

＊ビク……魚釣《さかなつ》りなどの折に、とった魚を入れておく、竹・網《あみ》などで作ったかご。
（松村明・三省堂編修所・編『大辞林』三省堂、一九八八年）
＊じゅうの……小型スコップ

「祝」出征《しゅっせい》

この話も本当にあった話だ。

そのころの栗原町《くりはらちょう》は見渡《みわた》す限《かぎ》りの田んぼで、ほとんどが農家。いいちゃんの住む家は田んぼで囲まれた小学校や鎮守《ちんじゅ》の森が見下ろせる丘《おか》の上にあった。周りはいいちゃんちの段々畑《だんだんばたけ》。お父さんはこの農地で毎日、汗《あせ》を流して働いておった。

ある日、郵便屋《ゆうびんや》さんが来て、赤紙を差し出した。それを受け取ったいいちゃんのお母さんの顔色が、みるみる変わった。

「あんた大変よ！」

今まで出したこともない大声で、畑仕事をしている主人のよっさんに向かって叫《さけ》んだ。

赤紙というのは、兵隊に出てこいという国からの命令書だ。

若者《わかもの》がどんどん戦地へ招集《しょうしゅう》されていく。戦死の報《ほう》があちこちで聞かれるころであった。

いいちゃんのお母さんは履物《はきもの》を脱《ぬ》ぎ捨《す》てながら、転ぶようにして畑に向かって走っていった。

「今週の日曜日の朝よ。尾道《おのみち》駅に集合と書いてある。あと五日しかない。それにすぐ田植えが始まるのよ、どうするのよ」

いいちゃんのお母さんは、

「どうしよう、どうしよう」を連発した。

「とうとうわしの番が来たか。しかたなかろう、国の命令じゃけえのう。田植えもだれかが手伝《てつど》うてくれるじゃろう」

いいちゃんのお父さんはそれだけ言って、えんぼう*の中に幼《おさな》いいいちゃんを抱《だ》き上《あ》げて座《すわ》らせた。

そのえんぼうを、奥《おく》さんに前をかつがせて、自分は後ろをかついで、細い坂道を我《わ》が家《や》に向かって上っていった。

いいちゃんのお父さんの出征《しゅっせい》のことは、またたく間に近所に伝わり、出入りが激《はげ》しくなった。

「あといく日もない、千人は無理よね」

みっちゃんのおばさんは『千人針《せんにんばり》』の役を引き受けたようだ。『千人針』というのは、千人の人に白い布《ぬの》に赤糸で結び目を縫《ぬ》いつけてもらうことだ。これを腹巻《はらまき》にしておくと、敵《てき》の鉄砲弾《てっぽうだん》が当たらないまじないになるという。

みっちゃんのおばさんたちは、夜もろくに寝《ね》もせずに、近所隣《となり》をかけずり回った。

「こんばんは！　夜中にすみません。千人針をお願いします」

そう言って人々を叩《たた》き起こしても、だれも文句《もんく》を言わないで縫ってくれたが、

「どうしょう、日数が足りない。千人にお願いするなんてもう間に合わない」

「一人でたくさん縫ってください」

その声は悲鳴に近かった。それでも、出発までにはやっと間に合わすことができた。

その腹巻を奥《おく》さんがいいちゃんのお父さんにくくりつけながら言った。

「この千人針。みんなの魂《たましい》が宿っているのよ。生きて帰ってきてほしいということよ。みんなそう思っているのよ！」

「わかっとる」

いいちゃんのお父さんは、それだけ言った。

いいちゃんのお母さんは、ふとんをほどきだした。出征旗《しゅっせいき》ののぼりを作るのに白い布が

いるからだ。

そのころ、白い布なんてどこにも売っていない。着る物だってろくにない。破《やぶ》れたらつぎはぎして着るのが当たり前だった。

もちろんそのころは洗濯機《せんたくき》もあるはずないから、木のたらい桶《おけ》に水を入れて、洗濯板でごしごしと洗《あら》うのだ。

「よっさんが生きて帰ってくれたらええがのう。今ごろは戦死、戦死という話ばかりじゃ」

ごしごしと洗濯しながら、隣のおばさんがそばにいるおじいさんに話しかけては、汗《あせ》を腕《うで》でぬぐう。

のうちゃんとみっちゃんは、仕立てたのぼりを持って班長《はんちょう》さんちに行った。のぼりに字を書いてもらうためだ。班長さんは字がうまいから、こんなときには決まって班長さんの仕事になるのだ。

班長さんちは農家だから家が広い。離《はな》れの十畳間《じょうま》にのぼりを広げた。班長さんが奥の部屋から、大きな筆を持って出てきた。みっちゃんはたまげた。こんな大きな筆、今まで見たこともない。

「このすずりに水をくんできて、墨《すみ》をすってくれ。こぼさんようにたくさんすれよ」

「それから、みっちゃんとのうちゃんは、見るだけじゃあだめじゃぞ。おまえらの仕事はこの布《ぬの》にろうを塗《ぬ》ることじゃ。大仕事じゃ」

「え、何でろうを塗るん？」

「ろうを塗るとな、字がにじまんのじゃ。押《お》しつけるようにしっかりと塗らんとだめだぞ」

班長《はんちょう》さんが、白い布を見つめて何かぶつぶつ言っている。どうも『祝出征《しゅっせい》。三等兵。川上義郎君《かわかみよしろうくん》』と書くらしい。

「『祝』か〜。どこでもそう書いとるけえのう。しかたないわのう。……祝うか〜」

書き終わって、また腕組《うでぐ》みをして「ううん、『祝』かぁ〜」と言って、しばらく眺《なが》めた。

そして、またひとりごとを言うた。

「よっさん。帰ってきてくれよのう。手足が一本、二本のうなってもええけえ、帰ってきてくれよのう」

そう言って目頭をふいた。

「おじさん、泣きようるん？」

のうちゃんが班長さんの顔をのぞき込《こ》むようにして聞いた。

「いや、わしゃあ泣きようりゃあせんど。日本男児は泣くもんじゃあないんじゃ。国のために兵隊に行ってくれるんじゃけえ、喜んで送り出すんじゃ。こののぼりに『祝』と書いてあるじゃろう」

明日は出征という前の晩《ばん》、よっさん宅《たく》へ近所の男衆《おとこしゅう》が集まった。つまり、送別の宴会《えんかい》だ。若《わか》い衆はもう大半が兵隊にとられていたから、銃後《じゅうご》を守る年配の人たちだ。年配で元気のいい周《しゅう》やんは一升徳利《いっしょうどっくり》をさげてやってきた。

「この酒はのう、みんなの家から集めてきた配給酒の残りじゃ。一升にはちょっと足りんけど、今夜は飲もう」

不精《ぶしょう》ひげをなでながら言うた。

たみさんは、米を持ってきた。

「奥《おく》さん、今日は主人に白いまんま炊《た》いてやってくれや。押《お》し入《い》れの奥に隠《かく》しといた白米じゃ。巡査《じゅんさ》に言うなや、捕《つか》まるけえのう」

当時は農家といえども、作った米はすべて残らず国へ供出《きょうしゅつ》していた。米は配給切符《きっぷ》を持って買いにいった。だから、農家も白米だけを食べることはなかった。どの家も麦飯や芋飯《いもめし》なのだ。たみさんは内緒《ないしょ》でちょっと隠していたのだ。

宴会は班長のあいさつで始まったが、どうも盛《も》り上《あ》がらない。いつもは腹《はら》おどりをして笑わせるまきやんは、部屋の隅《すみ》っこに背《せ》を丸めて座《すわ》ったままだ。

一人ひとりが酒をつぎによっさんのところに行くが、何かぼそぼそっと話しては立ち去る。

周《しゅう》やんの声だけが大きく聞こえる。

「よっさん、まあ飲めや！　思い残すことなく行ってこい。今晩《こんばん》は別れの宴《えん》じゃ。別れじゃ言うても、死んでもどれと言うんじゃあないぞ。元気でもどれという願いの宴会じゃ。家のことは心配するなや」

あの豪傑《ごうけつ》の周やんが、涙《なみだ》をぽとりと落とした。

よっさんがりんさんに言うた。

「わしは、初めて酔《よ》っ払《ぱら》うまで飲んだ。周やんが次々と飲ますもんじゃけえ。酔っ払ったわあ」

赤らめた顔でそう言って、付け加えた。

「わし、三つ心配ごとがあるんじゃ」

「よし、わしにまかしとけ」

りんさんがそう言ったあと、続けて聞いた。

「それでおまえの心配はなんなら？〔なんだい〕」

「一つはもちろん家のことよの」

「ふん、二つ目は？」

「防空壕《ぼうくうごう》をまだ掘《ほ》りかけとる。空襲《くうしゅう》のとき、家の者が隠《かく》れる場所がないんじゃ」

「わかった！　三つ目は？」

よっさんは一息入れ、りんさんが差し出した徳利《とっくり》を受けて、三三九度で飲むような盃《さかずき》の酒をぐいと飲《の》み干《ほ》して続けた。

「これようなあ。みんなは『天皇陛下万歳《てんのうへいかばんざい》』言うて死ぬそうじゃが、わしに言えるかのう。それが心配じゃ。いざ死ぬときには声も出んのじゃあなかろうかのう」

「死ぬなんて、縁起《えんぎ》の悪いことを言うなや。生きて帰らにゃあ……今日は祝いじゃろう。だれか歌を歌えや！」

若《わか》い衆《しゅう》が元気な声で歌いだした。

♪　勝ってくるぞと勇ましく
　　誓《ちか》って国を出たからにゃ
　　手柄《てがら》立てずに死なりょうか〔死なれようか〕
　　進軍ラッパ聞く度《たび》に

まぶたに浮《う》かぶ旗の波　♪

（作詞：藪内喜一郎『露営《ろえい》の歌』より）

「勝ってくるぞと勇ましく」か。よっさんは口の中でつぶやいた。

翌朝《よくあさ》は、よく晴れていた。

よっさんは、国民服を着て戦闘帽《せんとうぼう》をかぶり、足にゲートルを巻《ま》き、地下足袋《じかたび》をはいて、水筒《すいとう》をたすき掛《が》けにかけて出発した。

先頭は、『祝出征《しゅっせい》　三等兵　川上義郎君《かわかみよしろうくん》』、そののぼりを持っているのは、班長《はんちょう》さんちのよっちゃん。それに十数人が続く。奥《おく》さんは子守帯でいいちゃんを背負《せお》い、長女の手を引いて歩く。

尾道駅《おのみち》までは歩いて三十分はかかる。ほかに乗り物はない。途中《とちゅう》、ほかの出征集団《しゅうだん》と出くわしたが、軍歌を歌いながら歩いてく。よっさんたちはただ黙々《もくもく》と歩くだけだった。

駅に着いて奥さんが主人のよっさんに弁当《べんとう》を渡《わた》した。

「これ白米で作った日の丸弁当よ」

「おう、久《ひさ》しぶりの米ばかりの日の丸弁当じゃのう。二つ、子どもに残しといてやれや」

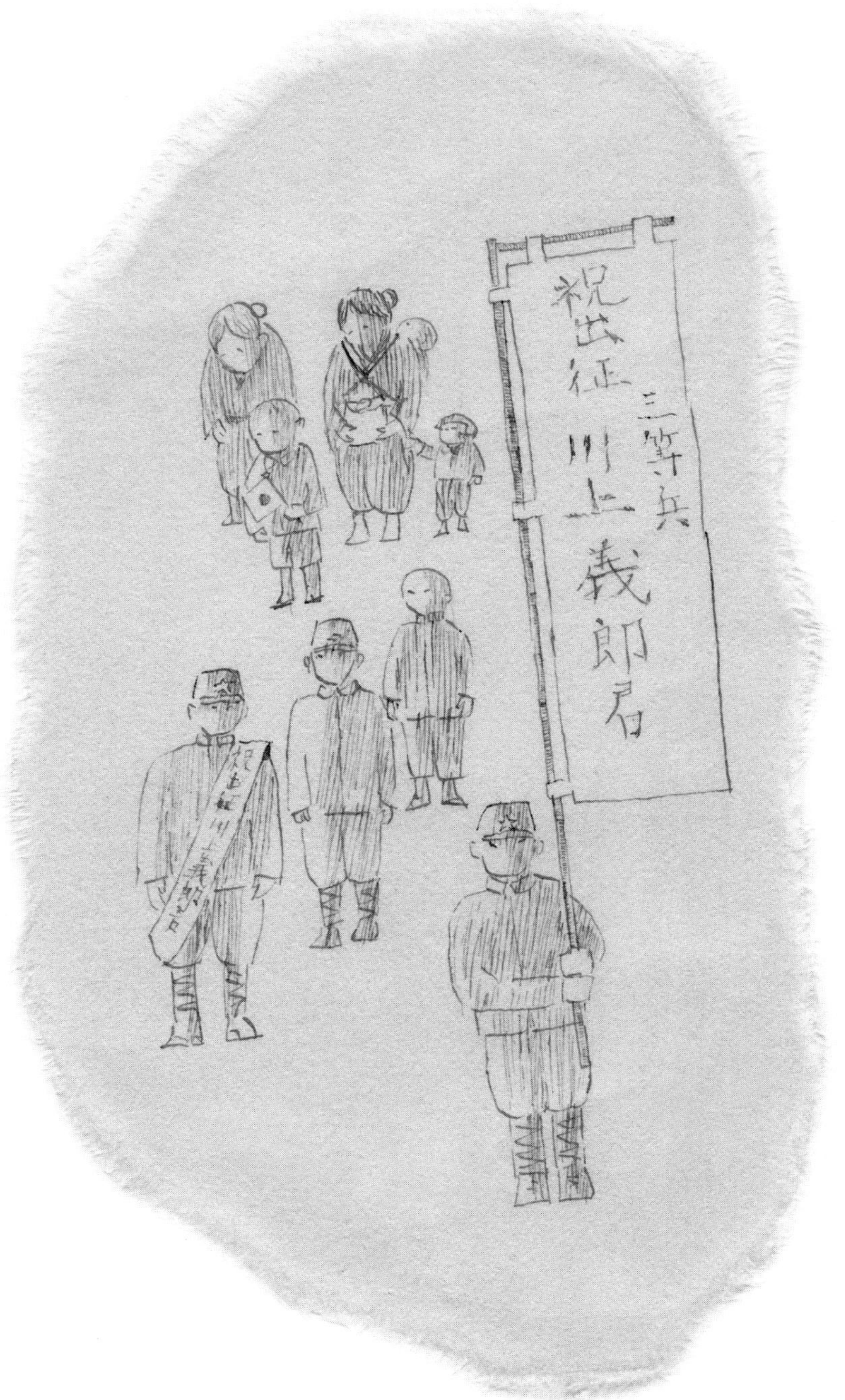

123 「祝」出征

「いや、全部持っていって」

奥《おく》さんとよっさんは押《お》し問答《もんどう》していたが、

「人が見とるけに、早くしまっといてちょうだい」

奥さんが全部のおにぎりをリュックの中に押《お》し込《こ》んだ。

周りでは万歳《ばんざい》、万歳の声が聞かれたが、よっさんにそれはなかった。

「もどってこいよ！」

「犬死にするなよ」

「あとは、まかしとけや」

周《しゅう》やんも、たみさんも、りんさんもよっさんと強い握手《あくしゅ》をかわした。

よっさんは、奥さんが背負《せお》ったいいちゃんの頭をなでた。

「大きくなれよ」と、一言いってホームを出た。

終戦も間近いころ、みっちゃんはお母さんから、いいちゃんのお父さんが南洋で戦死したことを聞いた。
遺骨《いこつ》の箱の中身は
『二等兵・川上義郎《かわかみよしろう》・〇月〇日南洋で戦死』

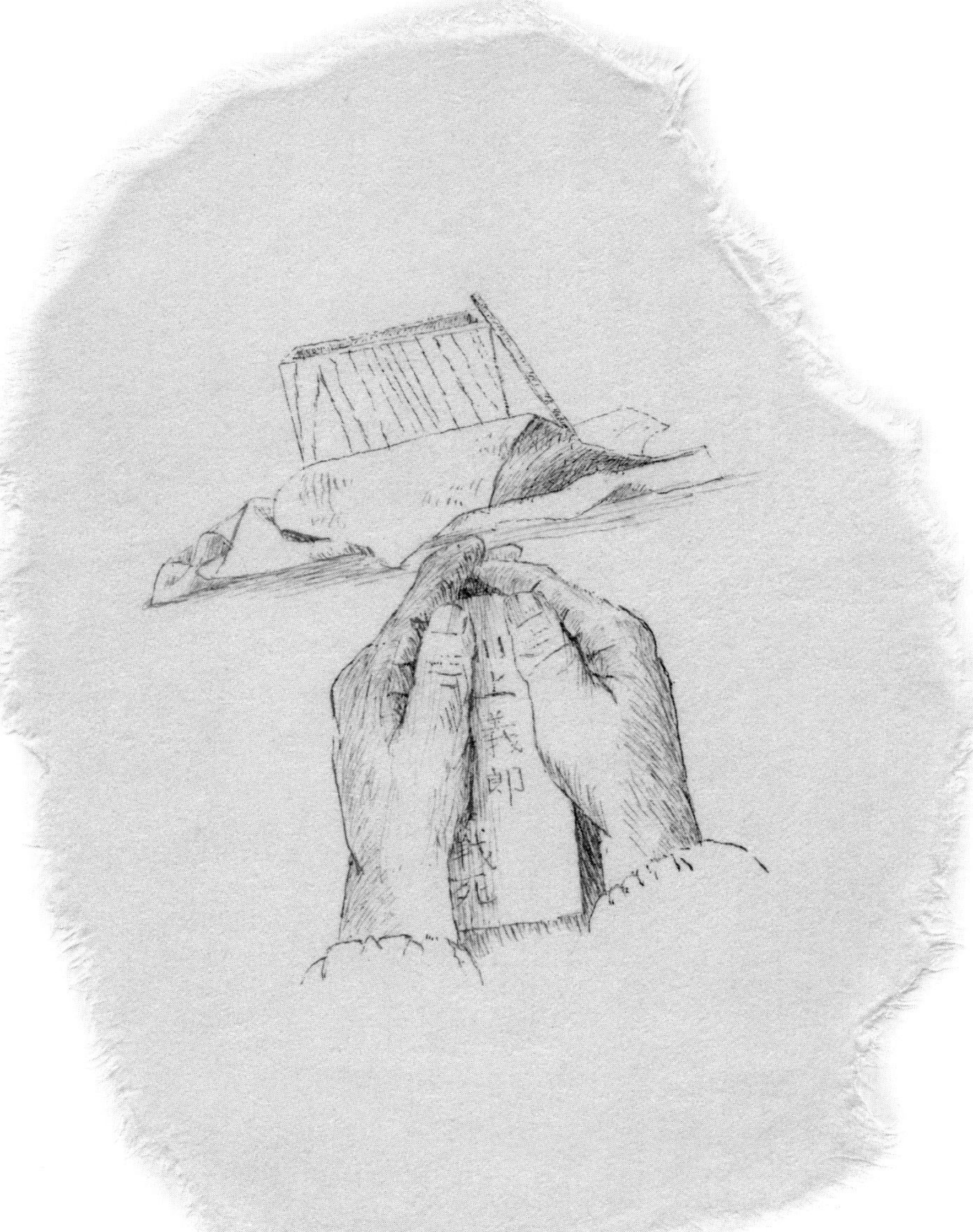

125 「祝」出征

と書かれた紙切れが、一枚《まい》入っていただけだった。

のうちゃんは、両親に早く死に別れたから兄が頼《たよ》りだった。その兄は戦地にいる。

「知らせがないから生きているんだろう」

そう言って、戦後も待ちわびたが、兄の戦友が遺骨箱《いこつばこ》を届《とど》けにきた。中身は、これも

『南洋で戦死す』の紙切れ一枚だった。

「戦争はいやじゃのう」

そのときののうちゃんの言葉が、七十年経《た》った今も耳元に残る。

そののうちゃんも病気で死に、もうこの世にはいない。

＊えんぼう……稲《いな》わらで編《あ》んだ入れ物。（農作物を入れててんびんで運ぶ）

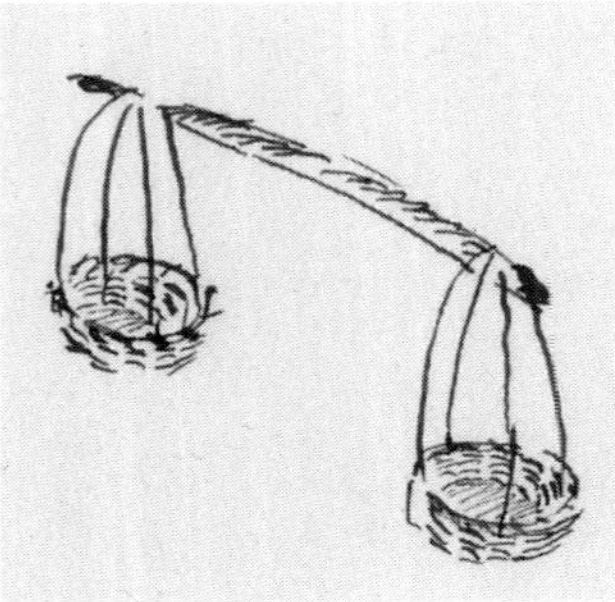

周《しゅう》やん

『周《しゅう》やん』という名物男がおっての。今日はその周やんの話をしようかいのう。

周やんは、いつも藍染《あいぞ》めの着物を着て、百姓《ひゃくしょう》仕事に精《せい》を出しておった。村一番の力自慢《ちからじまん》じゃった。

白髪《しらが》の丸坊主《まるぼうず》。いつも不精《ぶしょう》ひげを生やし、顔は真っ黒に日焼けして、目はぎょろり。

みっちゃんの目からすれば、恐《こわ》い存在のじいさんじゃった。

そのころ、若《わか》い男はみんな兵隊にとられ、残った力自慢の周やんは、周りから頼《たよ》りにされる人材じゃった。

ある日のことじゃ。みっちゃんと、のうちゃんの二人は、周やんの麦わら家が見下ろせる丘《おか》の頂上《ちょうじょう》から、下を見下ろしておった。みっちゃんはグライダー、のうちゃんは飛行機を持っている。

一〇〇メートル以上はある、このゆるやかな坂の段々畑《だんだんばたけ》。模型《もけい》の飛行機を飛ばすには絶《ぜっ》好《こう》の場所だ。

「風向きがちょうどいいぞ、飛ばそうかあ」

「みっちゃん、先にやれ」と、のうちゃんが言う。

「よし、一晩《ひとばん》かかって組み立てた新品のグライダー。まっすぐ、遠くに飛んでくれ！」

みっちゃんの手から、グライダーが放たれた。グライダーは一直線。

「うわ～飛んだ！　五十メートル・一〇〇メートル・一三〇メートル！」周《しゅう》やんの麦畑に着陸。

こんなに長距離《ちょうきょり》を飛ばせたのは、生まれて初めてだ。

「やったあ！　大成功！」

みっちゃんは手を叩《たた》き、跳《と》び上がって喜ぶ。

「今度はおれの番だ。飛行機の試運転」

のうちゃんはゴムひもをいっぱいに巻《ま》いた。

「そ～れ！　滞空《たいくう》時間の新記録じゃ」

飛行機はのうちゃんの手から離《はな》れ、空に向かって舞《ま》い上《あ》がっていく。そして、麦畑の上空で旋回《せんかい》し始めた。

「やった〜！」

二人は落下地点に向けて走り下りた。

のうちゃんは畑の中で、とたんに後ろから襟首《えりくび》をつかまれて、宙《ちゅう》に浮《う》いた。

「こら、畑の中へ断《ことわ》りもなく入るな！　これ見てみい！　ようやく出とる豆の芽を踏《ふ》みくさって、どうしてくれるんじゃい！」

二人は、大声で周やんじいさんにどなられた。

あわてて畑を見渡《みわた》すと、二人の足跡《あしあと》が豆の苗《なえ》を踏《ふ》み荒《あ》らしている。

のうちゃんは、恐《おそ》る恐る周やんを見上げた。

「豆の芽、どうしてくれるかと聞いとる！」

「おわびします。おわびします」

のうちゃんは頭を地べたにすりつけてわびた。

みっちゃんものうちゃんのまねをして、頭を畑にこすりつけた。

「すみません。すみません。こらえてください」

「許《ゆる》さん、こっちへ来い」

周やんはのうちゃんの飛行機と、みっちゃんのグライダーをつかんで、麦わら屋根の我《わ》が家《や》に向かった。

庭先には、こげ茶色の大きな水がめがどっかと座《すわ》っている。その隣《となり》には木のたらい桶《おけ》に着物がつけてある。これは周《しゅう》やんの着物だとすぐわかる。

周やんは一人暮《ぐ》らし、奥《おく》さんは去年亡《な》くなり、二人の息子《むすこ》は兵隊にとられている。今、洗濯中《せんたくちゅう》だったのだ。

もちろん、この時代に洗濯機というものはない。たらいにつけた着物を、洗濯板の上でゴシゴシとこすって洗《あら》うのだ。

「どうじゃ。飛行機を返してほしいか」

「明日は校内飛行機大会です、学校に持っていくので返してください」

「ただじゃあ返さんぞ。つぐないをしてもらわにゃあならん」

するどい目でにらみつけ、のうちゃんに顔を近づける。

「ど、どうすればいいんですか」

のうちゃんは後ずさりしながら、恐《おそ》る恐る聞いた。

「そりゃあ自分で考えろ」

どすのきいた声で、またにらみつけた。

「畑の足跡《あしあと》を直します」

「当たり前じゃ。そのままにして帰るやつがおるか。それだけで、すむと思うとるか」

「あの～、何かお手伝いをします」

のうちゃんは、震《ふる》えながら答えた。

「ぼくもやります」と、みっちゃんも言うた。

「よし決まった。その洗濯物を洗って干《ほ》しておけ。ふんどしも洗って干すんだぞ！」

みっちゃんとのうちゃんは、二人がかりで、着物をしっかりとしぼり、竹ざおに干す。もちろんふんどしも。

その間、周やんはまき割《わ》りをしていた。ちょうなという斧《おの》をかざして、大きな丸太に向かって振《ふ》り下《お》ろす。

バサッ　バサッ　すごい勢《いきお》いだ。まきが真っ二つに割れて飛び散る。

周やんが突然《とつぜん》聞いた。

「おまえら、昨日風呂《ふろ》へ入ったのか？」

「昨日もおとといも入っていません」

のうちゃんが言い、みっちゃんも答えた。

「よっしゃ、今日は風呂を沸《わ》かして、おまえらも入れてやる。そこらの割木《わりき》を積み上げてかたづけとけ。わしは水をくんでくる」

そのころは水道がないから、風呂に入ることは大変じゃった。一〇〇メートル先の共同井戸《いど》に行き、つるべで水をくみ上げて、坂道を運ばねばならない。だから何日も風呂《ふろ》に入らないことは当たり前じゃった。

周《しゅう》やんが、水をかついでもどってきた。

みっちゃんびっくりじゃ。なにしろ、みっちゃんがかつぐバケツの、十倍は入る水桶《みずおけ》だ。水の重みでてんびんが、今にも折れそうに曲がって上下にゆれる。

周やんは四、五回通って、風呂釜《ふろがま》に水をいっぱい注《そそ》ぎ込《こ》んだ。

「あれ、たきつけが品切れじゃ。おい、おまえら名前はなんと言うんきゃあのう」

「ぼくはみちお、もうひとりはのりお」

「よし、みちとのり。山へ行ってたきつけの木の葉を集めてくるどう。そこのかごを背負《せお》うてついてこい」と、納屋《なや》の中を指さす。

二人はばかでかいかごを背負って走りだした。まるでかごが歩いているようだ。

「待て待て、くまでを忘《わす》れるなよ」

しばらく行くと坂道にさしかかった。荷車が一台スリップして困《こま》っている。車が道をふさいで二人は立ち止まる。

「こら、おまえら何で、ぼさ〜っと見ている。人が困《こま》っているときは後押《あとお》しせい」

後ろから来ている周やんが大声でどなった。

みっちゃんとのうちゃんが後押しする。

車は坂道を上がりだした。

「力を入れて押さんか。こうやるんじゃ」

周やんが後押しすると、荷車は坂道をゴロゴロと上りだした。

坂道を下るときのような速さじゃ。

「うわあ！　速すぎる！」

かじ取りのおじさんが悲鳴を上げた。

山から帰ってから、みっちゃんとのうちゃんが、踏《ふ》み荒《あ》らした畑の足跡《あしあと》を直している
三十分ほどの間、周やんは風呂たきをしていた。

竹筒《たけづつ》のふきだけで、ブーと吹《ふ》く。火の粉が舞《ま》い上《あ》がる。また吹く、ブー。

「おうい～。風呂が沸《わ》いたどう、帰ってこい！」

周やんが呼《よ》んどる。

「先に風呂に入ればいい。冷たかったら言え、熱かったら桶の水を入れればええ」

どこにでもある釜風呂。二人は水かけ遊びをしながらお風呂をゆっくりと楽しむ。

「せっけんの代わりに、ぬか袋《ぶくろ》がくぎに掛《か》けてあるじゃろう。あかをよくこすって落とせよ」

周《しゅう》やんの割《わ》れるような大声じゃ。

「どうじゃった。ええ湯じゃったろう。今日はごちそうしてやるけえのう」

そう言うて周やんはにこにこ顔で、座敷《ざしき》の丸テーブルの上に重箱をどすんと置いた。

「見てみい、混《ま》ぜご飯じゃ。二段目《だんめ》はこれおはぎじゃ。今、食わしてやるけえのう。今朝親戚《しんせき》が持ってきてくれたんじゃ。法事があった言うての」

「うえ〜。こんなにごちそうを食べさせてくれるん？」

のうちゃんが目を丸くしてごちそうを見た。農家でないのうちゃんは、いつも腹《はら》ぺこ。

「のどつまらすなよ。もっとゆっくり食べんか」

周やんはにっこりとし、やかんからお茶をついで差し出した。

そのころは戦争中で、食べるものもろくになかった時代。米のご飯なんて口にすることはめったにない、農家のみっちゃんだって同じだ。今日は本当に大ごちそうだ。


学校へ行くときは、周やんのすぐ横の道を通らなくてはならない。みっちゃんは、周やんを恐《こわ》いおじいさんと思っていたから、いつも家の横を走《はし》り抜《ぬ》けていた。

「おはようございます」と言っても、返事もろくにしてくれないじいさんだったからだ。捕《つか》まったら「畑荒《あ》らしはおまえだろう」と言われるに決まっている。

このことがあって以来、周やんじいさんがいるかどうかが気になりだした。

学校の行き帰りには、土間の入り口をのぞいてみる。大草履《おおぞうり》があるかないかで決まる。仁王様《におうさま》のはくような大きな草履。これがあると声をかける。

「おじいさんおはよう」

「何がじいさんじゃ、わしはまだ若《わか》い」

そう言うて、わら叩《たた》き石を胸《むね》まで持ち上げて、どすんと落としてみせる。

「わかったわかった、おじいさん、すごい」

「また、おじいさんと言う。おじさんと言え」

その年の夏じゃった。伝染病《でんせんびょう》の赤痢《せきり》が流行した。班内《はんない》の半数の家庭に赤痢患者《かんじゃ》が出た。そのうち、五人程度《ていど》が病院で死んだ。のうちゃんのお母さんもこのとき亡《な》くなった。

赤痢の流行を防《ふせ》ぐ目的で、せっけんが配られることになった。じゃがの、だれが配るかということになるとみんなしり込《ご》みする。配り手がいなかったんじゃな。

そのころの時代は赤痢の知識がなくて、空気伝染するということで、みんな家の中に引きこもったままじゃ。話をしただけでうつると言うてな、恐《おそ》れたもんだ。

「そんなら、わしが配ってやろう」

と、引き受けたのが周やんじゃった。

「丈夫で頑丈《がんじょう》なわしが、赤痢《せきり》にかかったら奇跡《きせき》じゃ」

そう言うて、二十軒《けん》あまりの家をせっけん持ってたずねた。

「どうですきゃあのう。うがいと手洗《てあら》いを忘《わす》れんようにのう」

そう言いながら、一軒、一軒ていねいに回ったそうな。

じゃが、やっぱり赤痢にかかってしもうて、あっという間に亡《な》くなってしもうたんじゃ。

いつも年の暮《く》れになると、一人で拍子木《ひょうしぎ》を叩《たた》きながら

『火の用心さっしゃりませ』

『火の用心さっしゃりませ』

と、夜回りしてくれていた周《しゅう》やん。

「今年は拍子木の音が聞こえんのう。寂《さび》しいことじゃ」

あの年の暮れ、人々はささやきあっていた。

みっちゃんとのうちゃんは、中学生になったころから、年末になると周やんの跡継《あとつ》ぎとして、拍子木を叩いて組内を回っておった。

カッチン　カッチン　カッチン

「火の用心!」　「火の用心!」

周やんのことを思《おも》い浮《う》かべながらのう。

のうちゃん

のうちゃんのお父さんはイカケ屋さんだ。

穴《あな》のあいたバケツ、穴のあいた鍋《なべ》、穴のあいたやかん。ブリキで作った物ならなんでも生き返らせる。

今では使い物にならんと、捨《す》てるところじゃが、そのころは何でも修理《しゅうり》して使《つこ》うたもんじゃや。

のうちゃんちの狭《せま》い仕事場は、修理を待つ金物が山積みじゃった。品物が足りない時代だから、わんさと注文がくる。

のうちゃんは五年生じゃがの、学校から帰るとお父さんを手伝う。注文の早いほうから修理品を探《さが》しての、ブリキに塩酸《えんさん》をつけてお父さんに渡《わた》す。お父さんが焼けたコテでハンダをつける。ジューと音がして、一発で終わる名人芸じゃ。あとは、のうちゃんが水を入れて、もらないことを確かめる。

注文先へ配達するのものうちゃんの役目じゃ。こんなときには、隣《となり》の四年生のみっちゃんを呼《よ》ぶ。のうちゃんは鍋を頭にかぶって、やかん二つを縄《なわ》で結んで首に引っかける。バケツを両手にさげて「みっちゃん行くぞ」と言って集金箱を持たす。

ガチャガチャ音をさせながら歩く。どうせみんな古物だから少々へこんでもだれも文句《もんく》を言わない。

「まるで、ちんどん屋ね」

通りがかりの女の人が、にっこりとして言った。

「は〜い、イカケ屋の息子《むすこ》でござ〜い」

そう言って、ガチャガチャと体を震《ふる》わせてみせるのだ。

時には走りだすこともあるんだから、まいっちゃう。ガチャガチャ、ガチャガチャどころではない。

ガチャンドタン、ガチャンドタン。

ドタンというのはやかんがおでこを打つ音だ。みっちゃんだって、たくさん持たされているんだ。

「待ってくれえ〜のうちゃん!」

待たないんだから、本当に困《こま》っちゃう。

のうちゃんは配達から帰るなりお父さんに言う。

「お父さん、お駄賃《だちん》！」

お駄賃をもらったら、すぐさま学校前にある安藤店《あんどうみせ》に向かって走る。

「みっちゃん、ついてこい！」

「待ってえ〜……のうちゃん！」

いつもこうなんだ。

みっちゃんはふうふう言いながら、後を追う。なにしろ、のうちゃんは運動会ではいつも地区のリレー選手だからな。

「おじさん、グライダー二つちょうだい」

「みっちゃん、これやる。飛ばしっこしょう」

みっちゃんに一つ渡《わた》すと、今度は運動場に向かって走る、走る。

「待ってえ〜……のうちゃん！」

「履物《はきもの》が脱《ぬ》げるじゃん」

みっちゃん、またふうふう言いながら後を追う。グライダーは両翼《りょうよく》で三十センチぐらい、先っちょに重《おも》りがついている。重りがあるからバランスよく飛ぶんだ。重りは初めは鉛《なまり》だったがね。金属《きんぞく》が不足してきてガラスを張《は》りつけてある。それでもよく飛ぶんだ。空へ向かって力いっぱい投げ上げると、一回転して五十メートルも向こうに飛んでいく。

尾翼《びよく》を曲げると、風に乗った場合《ばあい》なんか運動場を二、三回も旋回《せんかい》するんだ。それを追いかける。もう面白《おもしろ》くてしかたがない。

夕暮《ゆうぐ》れになると、おにやんま（とんぼ）が何だろうと思って追いかけてくるんだ。こうして、日が暮れるまで夢中で遊ぶんだ。

のうちゃんは、お駄賃《だちん》がもらえるお父さんが大好きだ。時には魚釣《さかなつ》りにもついていく。この前なんか、お父さんについて川に行き、どんごろすに＊いっぱい、川蟹《かわがに》を取ってきたのには驚《おどろ》いた。

みっちゃんには重くて、さげ上げることもできない。のうちゃんはそれをうんとこ、うんとこかついで家に帰ってきた。すげえ力だ。なんでも夜中にガス燈《とう》を灯《とも》して川を歩くんだそうだ。

「これ、お父さんが釣ったギザミ（べら）です。あげます」

配って回るのものうちゃんの役目だ。

「へえ～こんなに大きいのう釣っちゃったん。お父さん、釣り名人じゃね」

こんなときなんか、のうちゃんは鼻高になれるのだ。「よし一匹《いっぴき》おまけです」そう言って、隣《となり》にあげるものまであげてしまう。父さんがほめられて、うれしくてしかたがないのだ。

のうちゃんのお母さんは、とってもやさしい人だ。顔を向けたとき、決まってにっこりする。それから相手の話を待つ。「何？　用事？　ん？」のぞき込《こ》むようにして、それから話しだす。

いつもは、納屋《なや》でコットンコットンござを織《お》っている。ござとは畳表《たたみおもて》のことだ。そのころの女の人はどの家でも畳表を織っていた。お母さんは朝から晩《ばん》まで忙《いそが》しい。

のうちゃんはいつものように、お母さんにせがむ。

「お母さん、ええもんちょうだい。ねえ、お母さ〜ん」

お母さんは前掛《まえか》けの特別大きなポケットから、ええもんを出す。それは、あめちょこであったり、せんべいであったり、豆であったりする。

どうしてのうちゃんの家には、あんなええもんがあるんだろう。みっちゃんには不思議でならなかった。

みっちゃんの家のええもんといったら、柿《かき》であったり、いちじくであったり、みかんであったり、つまり農家だから畑でとれるものばかりだ。それなのに、のうちゃんのうちには、お菓子屋《かしや》さんと親戚《しんせき》でもあるんだろうか。

今日ものうちゃんがお母さんにねだった。

「ねえ、お母さん、何かええもんちょうだい。ねえ、お母さん」

今日のお母さんのポケットはぺしゃんこだ。

「今日は何にもないよ。ええもんは、福善寺《ふくぜんじ》へ行ったらあるよ。あそこへ行けばいつでもあるけえの」

そう言って、くすりと笑ってまた機《はた》を織りだした。トントントン。


「福善寺へ行こう」

のうちゃんが突然《とつぜん》そう言って、同級生のいつむさんを誘《さそ》った。

福善寺は長江口《ながえぐち》の近くにある大きな寺だ。みっちゃんは、おじいさんと一緒《いっしょ》に畳表《たたみおもて》を売りにいったとき見たことがある。歩いて三十分もあれば行ける。

三人はてくてく歩いて福善寺に着いた。だがどこを見渡《みわた》しても、ええもんがもらえそうなところは見あたらない。店もなければ人影《ひとかげ》もない。

しかたなく門の石段《いしだん》に腰掛《こしか》けていると、おっさんが上がってきた。

「よし、あのおっさんに聞こう」

「どっから来たんじゃ？　何、栗原《くりはら》。遠いところからやってきたんじゃのう。ええもんかあ？　ええもんはおまえらの目の前じゃ。そこにあるじゃろう」

そう言って上を見上げた。

三人はもう一度、目の前あたりをきょろきょろと見回した。

「おっさんのうそつき、どこにもええもんなんか、ないじゃない」

のうちゃんが、口をとんがらかしておっさんを見上げて言うた。

「ええもんというのは、ここの門のことじゃ。見てみい。鴨居《かもい》の上に見事な龍《りゅう》が彫《ほ》ってあるじゃろう。扉《とびら》にも鶴《つる》の丸じゃ。昔から、尾道《おのみち》のええ門は福善寺の門と言われとる。おまえら、かつがれたんじゃな」

「あっはっはっはっは」

おっさんは大笑いをしながら境内《けいだい》に入っていった。

「なんじゃつまらん。食えるもんがあるんかと思うた、ばからしい。歩いてきてそんをした」

のうちゃんはそう言って、近くのアイスケーキ屋に立《た》ち寄《よ》った。

「わしが誘ったんじゃけえ、おごっちゃる」

そう言ってアイスケーキを三本買って、いつむさんとみっちゃんに渡した。

「よし、ここまで来たんじゃけえ、たんく岩に登って山越《やまご》えして帰ろうやあ」

三人はアイスケーキをなめながら、天神さんの石段《いしだん》を上り始めた。そこからは西国寺山《さいこくじやま》につながっている。

たんく岩は西国寺山でいちばん大きな岩だ。戦車のタンクに似ている。のうちゃんがこの岩によじ登って町並《まちな》みを見下ろして叫《さけ》んだ。

「ばかやろう！　歩いてきてそんをしたあ！」

それから三人は、尾道《おのみち》水道の船に向かって「ヤッホー」を連発した。

「もうのどがかれたのう、帰ろう」

雑木林がどれだけあったろう。やっとの思いで林をくぐり抜《ぬ》けると、丘《おか》の上は一面の芋《いも》畑《ばたけ》だ。その向こうに夕焼け空が真っ赤に広がる。

「うええ、すげえ景色《けしき》よう」

「栗原《くりはら》の平木山《ひらきやま》が見えるどう」

みんなが腰《こし》を下ろして、大自然を満喫《まんきつ》しているときだ。

「しりがかたいと思うたら、こんなに大きい芋じゃ」

畑から芋が突《つ》き出《だ》しているのだ。

のうちゃんが芋を手で掘《ほ》り出《だ》して、芋つるごと顔の前につるした。

「おう、こりゃあうまそうなのう」

そのときだ、鳴り子が鳴って、

「泥棒《どろぼう》、芋泥棒！」

大人が叫びながら山から下りてくる。

のうちゃんが「逃《に》げろ」と言って、芋を投《な》げ捨《す》てて逃げだした。

「こらあ！　畑を踏《ふ》み荒《あ》らすなやあ！」

声が後から追いかけてきた。

いつむさんもみっちゃんも、何がなんだかわからない。だけど、逃げに逃げた。

そのころ、食料難《しょくりょうなん》で芋泥棒が流行していたのだ。芋泥棒とまちがわれても当然だよな。

のうちゃんが「これ見ろ」と、大きい声を張《は》り上《あ》げるもんだから、すぐ見つかったのだ。


芋事件《じけん》があって数日後のことだ。

のうちゃんのお父さんが入院した。間もなく、お母さんも入院することになった。赤痢《せきり》になったのだ。

赤痢は伝染病《でんせんびょう》で、下痢がひどくて血便が出る。この年、近所の人六、七人ほどが赤痢にかかって死んだ。

病気がうつるから家から出てはいけないと言われ、もちろん学校の登校も停止された。みんな家に閉《と》じこもってしまい、商店ぐらいにしか電話がなかった時代なので、組内の連絡《れんらく》もできない。隣《となり》がどうしているかわからないままだ。

みっちゃんはのうちゃんのことが心配だ。いつものうちゃんの家の方を見るんだが、姿《すがた》も見えない。

一週間ほどしたとき、庭先にのうちゃんを見かけた。こんなにしょんぼりしたのうちゃんを見るのは初めてだ。

「のうちゃん、病気はうつってないん？」

みっちゃんが畑越《はたけご》しに聞いた。

「ぼくはうつってないけど、お父さんが死んだよ」

のうちゃんが涙声《なみだごえ》で答えた。

みっちゃんは思わずのうちゃんに駆《か》け寄《よ》ろうとした。

「こっちへ来るな。うつるかもしれんけえ」

のうちゃんはそう言ってすぐ家に入ってしまった。

みっちゃんはいろいろと考えたあげく、電話を作ることにした。電話といっても糸電話だ。これは二年生のとき学校で作った経験《けいけん》がある。

竹をのこでひいてセロハン紙を張《は》って、糸をつけるという簡単《かんたん》なものだ。こちら側で話すとセロハンが震《ふる》えて、糸で声が伝わるという仕組みだ。これならだれにも見られなくて話ができる。

電話は作ったが、問題はどうやってこれをのうちゃんとつなぐかだ。のうちゃんは家に引《ひ》っ込《こ》んだまま出てこない。

みっちゃんは畑の隅《すみ》に出て、バケツを思いきり叩《たた》いてみた。のうちゃんが出ない代わりに、うちのおじいさんが出てきた。

「そんなところまで行って、何をしようる？　空気でも赤痢《せきり》がうつるというのに、家に入っておけ」

みっちゃんはさんざんどなられてしまった。

その晩《ばん》、寝床《ねどこ》に入ってからも、みっちゃんはいろいろと考えてみた。そうだ、のうちゃんにもらったグライダーを使おう。グライダーならのうちゃんに見つかるはずだ。

明くる朝、みっちゃんはグライダーの羽にこう書いて、のうちゃんの庭先に飛ばした。

のうちゃんへ、
糸電話で話しましょう。電話は

畑の境《さかい》に置きました。

みっちゃんより

一つめはわきにそれてしまったが、二つめはうまく玄関《げんかん》の前に落ちた。それから二時間ほどしたときだ。ピーという笛の音を聞いて、みっちゃんは外に飛び出した。

のうちゃんが手を振《ふ》っている。これで電話がつながったのだ。のうちゃんが糸電話を口につけた。

「わしなあ、この間お母さんに会いにいったんじゃけど。中に入れてもらえんかった。病気がうつるからだめと言われた」

「お母さん死ぬ前にいっぺん、米のおかいさん〔おかゆ〕が食べたい言うたんじゃて、米はうちにはないけえのう、食うもんは麦と芋《いも》しかないんじゃ」

みっちゃんは明くる日、おばあさんに頼《たの》んで米をもらった。

「米は畑の境に置いとくけえのう」と糸電話で話した。

のうちゃんが　米をつく
一升《いっしょう》ビンに　米を入れて
棒《ぼう》でつく
ザクザク　ザクザク
お母さん
死んだらいけんでえ
この米　真っ白にして
病院へ届《とど》けるけえのう
死んだらいけんでえ
ザクザク　ザクザク

今まで
泣いたこともない
のうちゃんの目から
涙《なみだ》が　落ちる
ぽとり　ぽとり

ザクザク　ザクザク

米をつく

その明くる日、電話があった。

「お母さんも死んだわ」

＊どんごろす……麻《あさ》などで作った粗《あら》い袋《ふくろ》

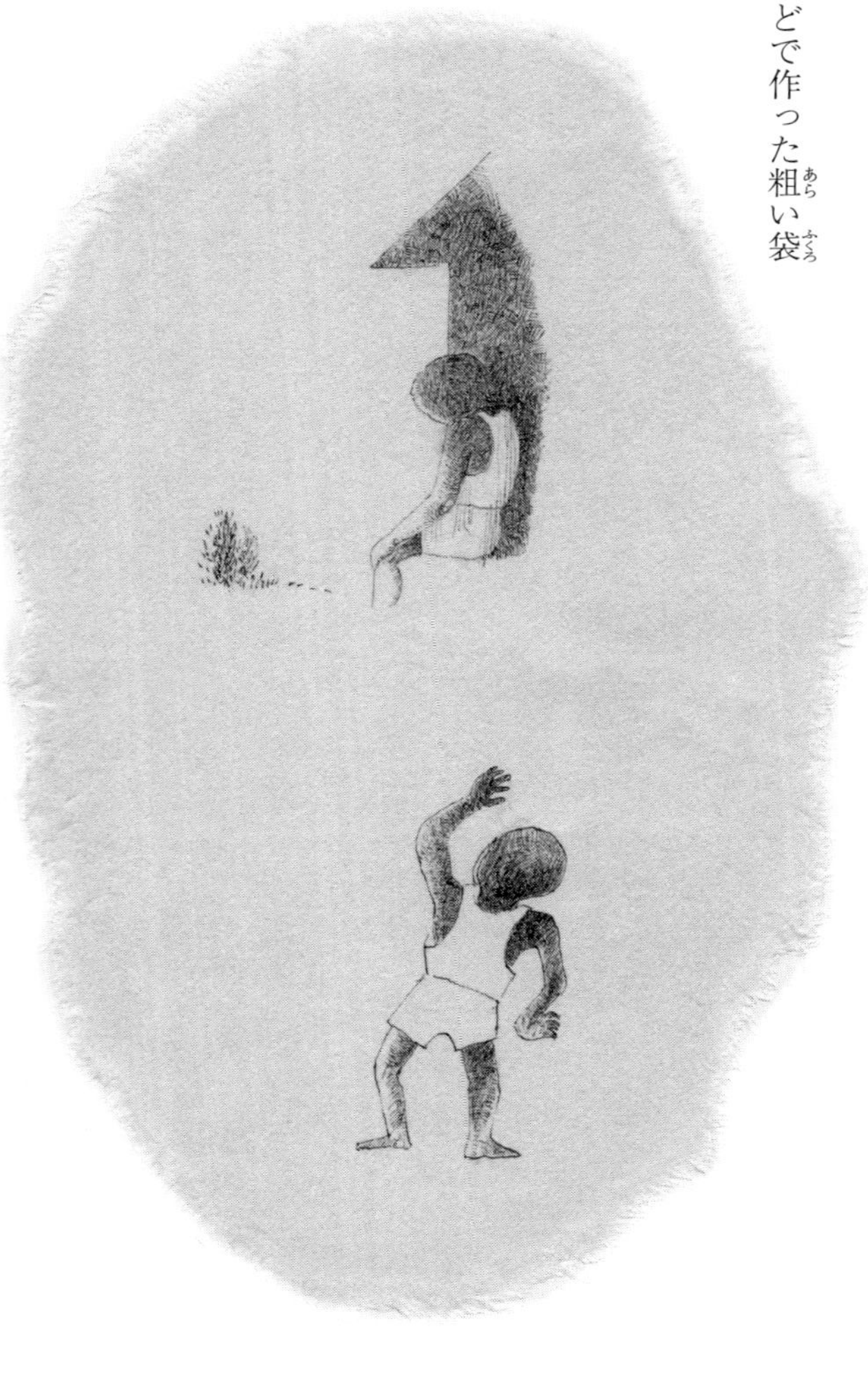

どじょうすくい

「みっちゃん、どじょう取りにいこう」
のうちゃんが網《あみ》をかたいで〔かつぃで〕、バケツをさげてやってきた。
バケツは、お父さん手製の遺品《いひん》だ。
麦わら帽子《ぼうし》をかぶってランニングを着て、草履《ぞうり》ばきはいつもの姿《すがた》。
昨日《きのう》と違《ちが》っているところは、帽子のふちが破《やぶ》れてぶらさがっているところだ。
太陽がジリジリと照りつける芋畑《いもばたけ》の坂道を二人は、だだだだっと駆《か》け下《お》りた。
稲田《いなだ》を通《とお》り抜《ぬ》けるとすぐ小川《おがわ》だ。
何年か前までは、鮒《ふな》や鯉《こい》がすくえた小川だが、今はもうどじょうしかいない。
腹《はら》の減《へ》ったやつらが、みんなすくいあげて食っちまったからだ。
のうちゃんの目的はただ一つ、どじょうを捕《つか》まえてどじょう鍋《なべ》にして食べることだ。

今ごろのようなしゃれたどじょう鍋《なべ》ではない。

泥《どろ》をふかさせて、みっちゃんの家からもらってきた大根を刻《きざ》んで汁《しる》に入れる。それに塩を入れて味付けをする。

つまり、たんぱく源《げん》を補《おぎな》うということだ。

「おう、こりゃあ水がようけたまっとる」

のうちゃんは小川をのぞき込《こ》んだ。深いところは八十センチほどもある。

時々、どじょうがすうっとまっすぐに上がってては、「ぽっ」と息をはいてまたまっすぐに沈《しず》んでいく。

「どじょう、今日はぎょうさん〔いっぱい〕おるどう」

夏場になると小川はせき止められて、水田に水を送るようにしかけられる。

百姓《ひゃくしょう》にとって、稲《いね》を育てる命の水だ。

「みっちゃん、しっかり見張《みは》っといてくれよ。この土手を切るけえの」

「土手を切るの？　おじさんに見つかったら怒《おこ》られるよ」

「じゃからしっかり見張っとくんよ」

「じゃけど、この間のように、くわを振《ふ》り上《あ》げて追いかけられたらこわいよ」

「あれは上流のときのおじさんじゃ。特別よう。ここは大丈夫《だいじょうぶ》じゃ。後から直しとくけえ。水はすぐたまるけえ」

のうちゃんは、持ってきた金棒《かなぼう》を土手の石にあてがうと、ううう
ん！　と力を込《こ》めた。

どどどどど……

土手が崩《くず》れて石までが一緒《いっしょ》に流れ落ちた。

見る見るうちに水が流れ落ち、わずかな水たまりとなる。

どじょうがぴしゃぴしゃと跳《は》ねまわる。

いもりが何事があったのかという様子で、ワニのかっこうではいだした。

蛙《かえる》もびっくりこいてぴょんぴょんと逃《に》げだす。

「のうちゃん！　蟹《かに》が逃げる！」

「網《あみ》じゃ網じゃ、早《はよ》う持ってこい」

「大きなつめじゃ。そこを持ったらやられる。つめられる〔つねられる〕なよ」

もう大捕《おおと》り物《もの》である。顔も衣服もべっしゃべっしゃ。泥だらけだ。

「今日は、すげえ収穫《しゅうかく》じゃ。どじょうも五、六十匹《ぴき》はおるど」

「やれ一休みじゃ」

のうちゃんが座《すわ》りかけたとき、みっちゃんが叫《さけ》んだ。

「のうちゃん、人が来る！」

「隠《かく》れろ、隠れろ、茂《しげ》みのとこじゃ」

二人は息を殺して石垣《いしがき》にへばりついた。

食いそこねた神様のどじょう

夏。

田んぼの広がった中ほどに、泉《いずみ》があった。

どんな日照りの年でも、ここだけはこんこんと水がわきでる。

人々はこの水を、神様の水と言い、「うすいの井戸《いど》」と呼《よ》んだ。

祭りの日には、ここの水で米を洗《あら》い神様《かみさま》にお供《そな》えをする。

一メートル四方の石枠《いしわく》がはめてあり、底にはもちをつく石うすが埋《う》めてあると伝えられている。

水は浅く、すきとおっているので、底まで手が届《とど》きそうだ。

しっかりのぞき込《こ》むと、どじょうがたくさんいるのがわかる。口も、胸《むな》びれもゆっくりと動かしている。

のうちゃんは、そのどじょうをずっと以前からねらっていた。きれいな水に住んでいるんだから、うまいに違《ちが》いない。それにどうもうなぎも住んでいるらしい。そう言って、いつもみっちゃんを連れてやってくるのだ。だが、今まで何度網《あみ》でやっても、石の下に逃《に》げられてばっかしだ。

「水を全部かえだしてしまえば、一網打尽《いちもうだじん》だ。みっちゃんやってみるか」

と誘《さそ》った。

みっちゃんにとってはどっちでもいいことだが、うなぎには興味《きょうみ》がある。二人だけでは無理だと思うので、のうちゃんはだれかれとなく誘うのだが、みんなしり込《ご》みする。

「神様の生き物をとるなんて、それに、食っちまうなんて、罰《ばち》があたる」

みんなは逃げだしてしまうのだ。

この泉《いずみ》は、校庭から田んぼ一つへだてた場所にあるので、子どもたちは水を飲むために、近道のあぜ道を通っていった。

『このあぜ道は、道ではありません。通るべからず』

立て札を立てるたんびに、田んぼの中ほどに投《な》げ捨《す》てられる。それに、植えた枝豆《えだまめ》を踏《ふ》みつける。あぜ道もこわしてしまう。

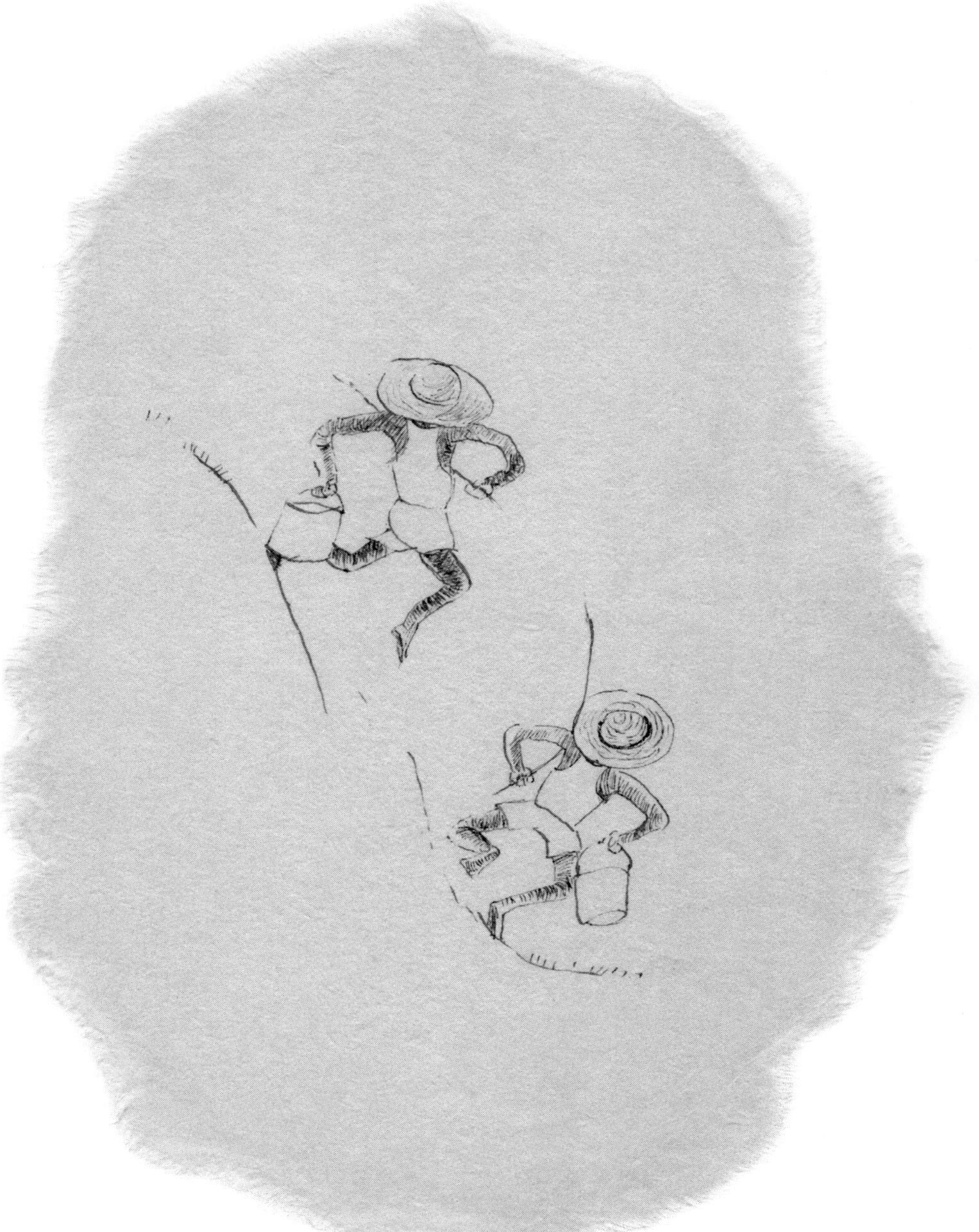

お百姓《ひゃくしょう》さんはかんかんに怒《おこ》って、校長室にどなりこんだ。それでもぬかにくぎ、子どもたちは先生の目を盗《ぬす》んでは通るのだ。

なにしろ、学校の水道水よりうまいし、それにご利益《りやく》がある水だ。

「おい、だんごは見ていないか」

だんごというのは、先生のあだ名だ。後ろでぶを見れば納得《なっとく》できる。

「さんぴんが来ようるど」

これも先生のあだ名だが、どうしてそう呼《よ》ばれるのかわからない。

「今日こそは水をかえだしてやる」

のうちゃんは勇んで泉《いずみ》にやってきた。みっちゃんも両手にバケツをさげている。

二人が泉をのぞき込《こ》んでいるときだ。

「あああ～助けて～」

のうちゃんが、しゃげり声をあげた。

みっちゃんが振《ふ》り向《む》くと、大男のおっさんが、のうちゃんの首ねっこを引《ひ》っ捕《つか》まえて、宙《ちゅう》にぶらさげている。

「こら、おまえじゃな。あぜ道を踏《ふ》みたくったのは。昨日しんぼうしてあぜ道をつくったのに、足跡《あしあと》でめちゃくちゃ崩《くず》れとるじゃろ。どうしてくれるんじゃい」

「わしじゃあない。わしじゃあない」

のうちゃんは大男のおじさんを見上げて、口をとんがらかせて言った。

「うそをこくな。ほんとかどうか、おまえの足型をはめてみちゃろう」

おじさんはのうちゃんの片足《かたあし》を無理やりひこじって〔ひきずって〕、足跡にはめた。

「これでも違《ちが》うというんか。ほれ、ぴったしじゃ」

のうちゃんは先ほど、夢中で蛙《かえる》を追いかけたんで、自分がやったと思っていなかったのだ。

「もうせんけえ、もうせんけえ」

「よしわかった。じゃがの、罪《つみ》のつぐないはしてもらうど。ええか、ここの泉の水を底までかえだしたらこらえてやる」

そして、一段《だん》高い田んぼを指さして、

「水はこの上の田んぼにうつすんじゃ。そうすれば学校にも言うていかん。その上、ほうびをやるわあ、パッチン五百枚《まい》やる」

「ええ～パッチン五百枚もくれるん？　本当？　うそじゃあないねえ！」

のうちゃんは、にたあ～っとみっちゃんを見た。言われなくても、泉の水を干《ほ》すためにやってきているのだ。

パッチンは今ごろおおはやりだ。遊びの王様だ。男の子ならだれでも持っているが、それもせいぜい百枚《まい》だ。

「これはもうけた！」

「なんじゃて？」

「いや、こっちの話」

のうちゃんは早速《さっそく》パンツ一枚になった。

「わし、一時間ほどしたら来るけえの。水は上の田んぼどう。まちごうても下の田じゃあないどう。へえから〔それから〕のう、うなぎやら蛇《へび》やら確かめとらんのじゃけえ、気をつけよ」

大男のおじさんは、くわをかついで帰っていった。

「みっちゃん、やるか」

のうちゃんはバケツで水をかえだした。

バッシャアーン　バッシャアーン

バッシャアーン　バッシャアーン……

バッシャアーン　バッシャアーン

早くしないと、泉《いずみ》の水はどんどんわいて出るのだ。のうちゃんは力まかせにワッソコ・ワッソコと水をかえ続けた。

「しんどい。もうかなわん。みっちゃん代わってくれえ！」

のうちゃんは汗《あせ》と水でびっしょりだ。パンツだって、はいていないと同じだ。

みっちゃんがやると、水が減《へ》っているのか増《ふ》えているのかわからないくらいだ。

上の田んぼに、水がいっぱいたまったころ、おじさんがやってきた。

「おう、ようがんばっとるのう。もうちょっとじゃの。よし、わしが代わっちゃる」

「こうして、板を渡《わた》して足場をつくってやればもっと楽にやれるんじゃ」

ドドッサー
ドドッサー
ドドッサー

のうちゃんの三倍の早さだ。

水がなくなってきて、どじょうが真ん中に寄《よ》りだした。

そのときだ、にょろにょろとうなぎが出てきた。
のうちゃんはすかさず、ぐっとうなぎを押《お》さえ込《こ》んだ。
「それ蛇《へび》でないか？」
みっちゃんに言われて、のうちゃんはとたんに手を放した。
三人がのぞき込《こ》んで、じっとそやつを観察する。
「やっぱりうなぎだ。それ！」
三人は夢中でつかみかかる。
　ぬるり　ぬるり　するり
　ぬるり　ぬるり　するり
捕《つか》まえたと思ったら　ぬるり
持ち上げたと思ったら　すとん
網《あみ》だ　言うとる間に　するり
　ぬるりくらり　ぬるりくらり
そうこうしているうちに水かさが増《ふ》えて、うなぎは石の下に潜《もぐ》ってしまった。
泉《いずみ》の水はあふれだし、もとのもくあみ。
「あ〜あ　しんど　取《と》り逃《に》がしてしもうた」

「どじょう一匹《ぴき》もとれなんだのう」

三人は土手にへたばった。

「なんじゃそのかっこうは、すけて見えるパンツじゃのう」

おじさんが笑った。

「おじさん、いつふんどしになったん。そのかっこうも面白《おもしろ》いでえ」

三人はお互《たが》いを指さして大笑いだ。

みっちゃんなんか、お腹《なか》を押さえて笑う。

「ああ、おかしい。もうしんどしんど。あ・あ・あ・あ・見える、おじさん見える。見えるでえ、ああ　ああ……」

もう、くるい笑いで転げ回る。


「とうとう泉の水を底までかえたのう。こりゃあ記録もんでえ、今まで古今東西この泉の水がなくなるまで、かえだした者はおらんはずじゃ。末代《まつだい》までの語り草じゃて、ハッハッハッハ」

「実はねおじさん、ぼくらどじょうをとるために、泉を干《ほ》そうと思って来たんじゃ。神様のどじょうを食ったら、この頭でもようなるかもしれんけえのう」

「なんじゃ、食う？　おまえ、大物になれるぞ。神様のお使いを食うなんて、今まで聞いたこともないわ。それこそほんまに罰《ばち》があたるとこじゃったの。逃《に》げられてよかったのう。ハッハッハッハ」

おじさんは腹《はら》に響《ひび》くほどの高笑いをした。それから真顔で言うた。

「おまえらのおかげでのう、うちの田んぼに水がいっぱいたまったわ。これで稲《いね》は当分枯《か》れん。泉《いずみ》より一段《だん》高いところの田じゃけえ、水が来んで困《こま》っとったんじゃ」

「おじさん、ぼくらをだましたんじゃね」

「だましゃあせん。約束どおり、ちゃんとパッチンを持ってきたど。五百枚《まい》を二束、あわせて千枚じゃ」

おじさんは、両手に乗せて重さを計るしぐさをした。

「うええすげえ、こりゃあすげえ」

「弁慶《べんけい》は千本の刀を集めたがのう、わしは千枚のパッチンを集めたんじゃ。何千回の勝負をしてのう。これはわしの宝《たから》じゃ。これをおまえらにやる。あぜ道をこわしたのは帳消しじゃ」

そして、付け加えた。

「ここんとこを覚えとけよ。おまえらの将来《しょうらい》を見込《みこ》んで、わしの宝を全部やるんじゃけえのう。二人とも手を出せ」
のうちゃんの手にどすん
みっちゃんの手にもどすん

それからおじさんは、たばこ入れを出して一服つけた。おじさんの口から輪になった煙《けむり》が出る。

「ひええ、こりゃあすげえ芸当じゃわあ」

のうちゃんが言った。

二人は、青空に向かって飛ぶ煙の輪を感心して眺《なが》めた。

「おじさんはどうして力が強いの？」

みっちゃんが聞いた。

「そうじゃのう、生まれつきじゃ……」

おじさんが持ってきたみかんを食べ終わるころには、ぬれたパンツはすっかり乾《かわ》いていた。

太陽ぎらぎら夕焼けこやけ

みっちゃんは五年生。元気な男の子なんだ。

夏休みが待ち遠しいのは、海に泳ぎにいけるからだ。プールがない時代だから、池で泳ぐか海で泳ぐかどちらかだ。

池は近くにあるが好きではない。たまに大人が牛を連れてきて体を洗《あら》うから、時にはふんがぷかぷかと浮《う》かぶ。それだけならがまんもできるが、時々虻《あぶ》が飛んできてちくりと刺《さ》す。そんなわけで池ではめったに泳がない。

だから、みっちゃんは遠くても海で泳ぐのが好きだ。時には、がっぽりと塩水を飲んでげぼっとはくときがあるけれど、そんなのは気にしない。なにしろ海はきれいで、外国までつながっているもんな。

海に行くときは、よっちゃんと、のうちゃんと、三人で行く。いつも三人組なんだ。

よっちゃんはみっちゃんより三つ年上、のうちゃんは一つ上だ。つまり、みっちゃんはいちばん年下というわけだが、家来ではないぞ。

海に行くときには、必ずおばあさんの許可《きょか》がいる。だからみっちゃんは、前日なんかはおばあさんの畑仕事を手伝って機嫌《きげん》をとっておくのだ。

「よっちゃんが一緒《いっしょ》だったら許《ゆる》してやる」

これはおばあさんの決まり文句《もんく》だった。それだけよっちゃんを信頼《しんらい》しているのだ。

泳ぎにいくといっても、簡単《かんたん》には行けない。みっちゃんの住む栗原《くりはら》の町から尾道《おのみち》の対岸、兼吉浜《かねよしはま》まではかなりの距離《きょり》がある。バスも通っていない時代だから、千光寺山《せんこうじやま》を越《こ》えていく。少なくても道草しながら着くまで一時間はかかる。

身支度《みじたく》は簡単だ。ランニングシャツ一枚《まい》着て半ズボン、麦わら帽子《ぼうし》をかぶる。そして草履《ぞうり》ばき、なぜ靴《くつ》をはかないか？　と聞かれても困《こま》るなあ。そのころは靴を売っている店なんてないんだよな。

パンツの下にエッチふんどしをつけておく。エッチふんどしというのは、水泳パンツのようなものだ。そのころは物資が不足していたから、あそこさえ隠《かく》れていればいいという簡単な品物だ。丸めたら片手《かたて》の手のひらで隠せる。

よっちゃんはエッチふんどしというわけにはいかない。あそこがはみだしてしまうからな。だから六尺ふんどしというやつだ。これはつけて歩くわけにはいかないから、泳ぐ前にぐるぐると巻《ま》きつける。それに赤いふんどしだから、これがかっこいいんだ。

持ち物は手ぬぐい一枚と小さな布袋《ぬのぶくろ》だ。布袋にはおばあさんがほうろく*でいってくれた、空豆が入っている。

「落ちないようにしっかり結びつけておけよ。気をつけて行ってくるんだよ」

にっこり顔で、みっちゃんのおばあさんが一人ひとりに渡《わた》してくれるんだ。

この豆が泳ぐとき塩水でふやけてうまいんだ。戦時中は駄菓子屋《だがしや》も閉店寸前《へいてんすんぜん》だ。なにしろ売る菓子がないんだ。この豆が唯一《ゆいいつ》のおやつ代わりというわけだ。

みんなは手ぬぐいと布袋を皮帯（バンド）にぶらさげて歩く。皮帯といっても布のバンドだけどね。そのころ、皮なんてないのだ。皮は兵隊さんが使う貴重品《きちょうひん》だからね。こちらには回ってこない。

おっと、もう一つ忘《わす》れた持ち物がある。腰《こし》ひもだ、これはおぼれかけたとき助けてもらうための命綱《いのちづな》だ。これは、学校からのお達《たっ》しで巻きつけていないとしかられる。

「今死んではお国の役に立たないからな」

先生がそう言っていた。

途中《とちゅう》の千光寺山《せんこうじやま》にはお猿《さる》の館《やかた》があった。高さ十メートルほどの鉄製の檻《おり》があって、お猿が十五、六匹《びき》ほど入っていた。

みっちゃんたちはお猿をからかうのも、楽しみの一つだ。えさをやるふりをして、手をすばやく引《ひ》っ込《こ》めて「ぎゃおー」とどなる。猿は真っ赤になって怒《おこ》る。特にえさを独《ひと》り占《じ》めにしょうとするボス猿には、手きびしくやる。

「今日は猿に面白《おもしろ》い実験をしてやろやあ」

よっちゃんは、軒先《のきさき》につるしてあった玉ねぎを五つもぎとって袋に入れ、肩《かた》にかついだ。何をするつもりなんだろう。

よっちゃんちには、家の前にすいか畑がある。

のうちゃんが出がけに言った。

「よっちゃん、すいかを持っていってもいい?」

「大きなのは、おやじにしかられるぞ、ちっこいのならな」

のうちゃんは畑の中から、頭ぐらいの大きさを探《さが》し出《だ》して、ぽんぽんと叩《たた》いてみせた。

「な、これはよく熟《じゅく》しているどう。これがいい。あまくてうまそうだ」

もぎとって網《あみ》に入れ、リュックのようにして背中《せなか》に背負った。

よっちゃんの家では、泳ぎにいくときには必ずラッパを鳴らすことになっている。

「みっちゃん、ラッパを鳴らせや」

よっちゃんがうながした。

みっちゃんは玄関《げんかん》の柱からラッパを取ると、息を思いきり吸《す》い込《こ》んで口に当てた。

タッタカタッタカター！

タッタカタッタカター！


柿《かき》の木に止まっていたすずめたちが驚《おどろ》いて一斉《いっせい》に飛び立っていった。

ちなみにこのラッパ。兵隊さんが使っていたという本物なんだ。

「行くぞ。出発！」

よっちゃんの声ははりがあって、ぴんと響《ひび》く。なにしろ、学校では一五〇〇人あまりの大隊長だからな。全校行進のときには隊列の先頭に立って、日本刀のサーベルを抜刀《ばっとう》したまま歩く。朝礼台に立つ軍服姿《ぐんぷくすがた》の校長先生の前を通るときには、「頭右《かしらみぎ》！」と言って敬礼《けいれい》する。これがすごくかっこいい。みんなのあこがれの的なんだ。男の子たちは、みんな大きくなったら兵隊さんになるものと思っていた。みっちゃんも、大きくなったら何になる？　と聞かれると決まって「大将《たいしょう》！」と答えていた。

さて、のうちゃんは、「進撃《しんげき》！」と言いながら、棒《ぼう》を軍刀代わりにかざして、「水泳」に

向けて走りだした。背中《せなか》のすいかがころころとゆれる。

「すいか落とすなよ！」「大丈夫《だいじょうぶ》か！」

みっちゃんもよっちゃんもそれに続いた。

墓《ぼ》地《ち》の横の長い急な坂道を上りきると、尾道《おのみち》中学校の校庭が見下ろせる丘《おか》に出る。ここの中学生たちは戦闘帽《せんとうぼう》に脚絆巻《きゃはんまき》、それに靴《くつ》をはいている。つまり、兵隊のかっこうなのだ。ぼくらの草履《ぞうり》ばきとはわけが違《ちが》う。兵隊さんになったら靴がはけるんだ。

今日は夏休みというのに、格納庫《かくのうこ》からグライダーを出して練習しようとしている。翼《つばさ》の長さが十メートルはある。一人が操縦席《そうじゅうせき》に乗った。両側から大勢《おおぜい》で引《ひ》っ張《ぱ》って飛び上がらせるらしい。

「訓練を見ているひまはない。行くぞ。引《ひ》き潮《しお》になってしまうからな」

よっちゃんは満潮《まんちょう》のとき、がけから海をめがけて飛《と》び込《こ》むことが好きなんだ。道草などしてはいられない。早く行かねば引き潮になる。

浄水場《じょうすいじょう》のある細い坂道の、畑の尾根《おね》づたいを汗《あせ》を流しながら上る。のうちゃんは、すいかをゆらしながら「ああ重い、ああ重い」を連発する。

荷物を持たないみっちゃんが一番乗りだ。頂上《ちょうじょう》に着くと畑のがけに腰掛《こしか》けて一休みする。ここはちょうど柿《かき》の木の木陰《こかげ》だ。

今日はやけに太陽がぎらぎらとまぶしい。三人は空を見上げて、腰の手ぬぐいで汗をふいた。のうちゃんが、道端《みちばた》に生えたよもぎをちぎって、口でかんではしきりにすね坊主《ぼうず》にこすりつけている。どうも坂で転んで血を出しているらしい。

「しょんべんかけようか?」

よっちゃんがのぞき込《こ》んで、のうちゃんに聞いた。

「しょんべんはくせえや、よもぎでがまんする」

「海の水につかったらすぐなおるわ」

よっちゃんがそう言ってもう立ち上がった。

「行くぞ!」

次にやらねばならないことはセミ取りだ。セミはお猿《さる》のえさになる。

桜並木《さくらなみき》の道に出るとセミがジャンジャンと鳴いている。うるさいほどだ。これから、熊ゼミを素手《すで》で捕《つか》まえるのだ。まず、セミの止まった場所を確認《かくにん》する。そして木の裏側《うらがわ》に回ってそろっと近づく。本当にそろりそろりなんだ。みっちゃんは息を止めて近づく。

こうなると、のうちゃんはセミ取りの達人に変身する。みっちゃんが二匹《ひき》捕まえる間に、もう五、六匹捕まえているのだ。捕まえるとジージーとうるさいほど鳴きだすので、それとすぐわかる。やかましいときにはセミの腹《はら》を押《お》さえると音は小さくなる。それから、ぽ

ん と 袋《ふくろ》の中に押《お》し込《こ》むのだ。

お猿《さる》の館《やかた》に着くと、早速《さっそく》のうちゃんが檻《おり》の中にセミを放した。お猿がするすると木に登って追いかけた。

「あっ、残念、金網《かなあみ》から逃《に》げられてしまったわ」

お猿はセミの逃げ去った空をくやしそうに見上げるのだ。それから下を見下ろす。

今度はよっちゃんが放つ。

お猿は金網を伝わってうまく捕《つか》まえた。そして食べた。

「おれも腹減《はらへ》ってるけど、猿はよっぽど腹が減っているのだ」

と、のうちゃんが言った。

みっちゃんがきゅうりをぽきぽき折りながら入れてやると、たくさんのお猿たちが走《はし》り寄《よ》ってきた。手につかみ取っては、高い木の先に登って食べる。このしぐさは仲間のお猿にえさを奪《うば》われないための知恵《ちえ》だ。

よっちゃんが、みっちゃんとのうちゃんに質問《しつもん》した。

「猿は涙《なみだ》を出すと思うか、思わないか？」

「えっ？　そりゃあ……悲しいときには涙を出すじゃろう。時々目をぬぐっとるもんな」

のうちゃんの答えに、みっちゃんは反論《はんろん》する。

「あれは目にごみがたまったときじゃろう。お猿が泣いたの見たことがないで」

「悲しいとか、うれしいとかいう問題じゃあない。人間は玉ねぎをむぐとき涙が出るじゃろう。お猿もそうなるかということじゃ」

そう言ってよっちゃんは、玉ねぎを取り出した。

「猿がなあ、この玉ねぎを一枚《まい》ずつ皮をむぐじゃろう、一枚むぎ二枚むぎ三枚むぎ、最後までむいで何にも出てこん。そのとき、怒《おこ》るかどうか、涙が出るか出ないかそれが問題なんだ」

「こりゃあおもしれえどう、猿泣くかのう」

はっはっはっはっ
のうちゃんが声をあげて笑った。

よっちゃんが口をとんがらかして、つつつつと言ってお猿を呼《よ》んだ。

今日も豆がもらえるかと思って、たくさんのお猿が寄ってきた。一番に金網から手を出したのはボス猿だ。

よっちゃんが玉ねぎをにぎらせた。

すかさず、のうちゃんが「ぎゃおう!」と大声で叫《さけ》んだものだから、猿は玉ねぎをにぎっているので手が抜《ぬ》けない。

あわてた猿《さる》に「ぎゃおう！」を連発した。猿は真っ赤になって、歯をむきだして金網《かなあみ》をゆるがせた。

ウ――ウ――ウ――

警戒警報《けいかいけいほう》が鳴りだした。敵機来襲《てっきらいしゅう》の予報である。

ウ――ウ――ウ――

泳ぎにいくべきか。いかざるべきかと、よっちゃんが腕組《うでぐ》みをして考える。

見下ろす対岸の兼吉浜《かねよしはま》では、子どもたちが避難《ひなん》を始めている。

その場から西に三百メートルほどのところに造船所《ぞうせんじょ》がある。敵機が爆撃《ばくげき》するとすればこの造船所が標的となる。このあたりは危険《きけん》きわまりない場所なのだ。

判断《はんだん》を下すよっちゃんの責任《せきにん》は重大だ。造船所あたりに行けば防空壕《ぼうくうごう》があるが、ここお猿の館《やかた》には防空壕はない。どこに避難するかだ。

「空襲《くうしゅう》警報までまだ時間があるよ。行こうよう。よっちゃん」

のうちゃんがせかす。

本音は早く泳ぎたくてしかたがないのだ。ここで行くことをやめにしたら泳がずに帰ることになる。それを恐《おそ》れているのだ。

「渡船《とせん》の上で空襲警報になったらどうする？」

みっちゃんの問いに答えてのうちゃんが言った。

「そのときはそのときだ。運命が決めてくれるよ」

のうちゃんは、どうしても泳ぎにいきたいのだ。

「ここで爆弾《ばくだん》にでも当たったら、みっちゃんのおばあさんにしかられるからのう。ちょっと様子を見るか」

そのとき、爆音が聞こえてきた。三人は耳をすませる。B29だ。あの音、一機や二機ではなさそうだ。

「そこの溝《みぞ》に隠《かく》れろ！」よっちゃんが命令した。同時にサイレンが鳴りだした。

ウー・ウー・ウー・ウー・ウー

空襲警報の音は気味が悪い。

三人は溝に入って西の空を見上げた。

青空に銀白色の翼《つばさ》を輝《かがや》かせながら、十機ほどの編隊《へんたい》で飛んでくる。

「うわあたくさんだ。群《むら》がって飛んでいるから、造船所の高射砲《こうしゃほう》でバーンと撃《う》てば、一機ぐらいは当たるよなあ」

今にも高射砲が撃ちだすかの期待を込《こ》めて、のうちゃんが興奮《こうふん》気味で言った。

「あれなあ、一万メートルの高度で飛んでいるんだって、撃っても弾《たま》が届《とど》かないんだ。空に向けてつばをはくようなものだって。隣《となり》のおじさんが言っていた。自分の顔に落ちてくる。それに、一万メートルの高さでは空気がないんだって」

みっちゃんが説明した。

「空気がない？　操縦士《そうじゅうし》は息がつまって死ぬじゃあないか。そのことをどう説明するんだい」

「そんなことまで、わし知らんよ」

「みっちゃんが知るわけないよな、おれだって知らないんじゃけえ」

のうちゃんは、変なところでいばってみせた。

間もなく空襲警報《くうしゅうけいほう》が解除《かいじょ》された。

「行こう行こう。早く行かないと潮《しお》が引いてしまうよ」

のうちゃんは両手を組み合わせ、口に当て

タッタカタッタータ—

タッタカタッタータ—

ラッパの口まねをした。

それから、すいかをどすんと背中《せなか》に負った。

「行こう！」

三人はお猿《さる》の館《やかた》から海に向かって、急な坂と石段《いしだん》を一気に走り下りた。そして、鉄道線路のガードをくぐり抜《ぬ》け、五分とかからずに渡《わた》し場《ば》に出た。渡船《とせん》はそのころ、一銭《いっせん》ポッポと言っていた。煙突《えんとつ》からポッポと輪のような煙《けむり》を出す。

船にリヤカーが持《も》ち込《こ》まれることもしょっちゅうだ。そんなとき乗客は隅《すみ》っこに小さくなっている。何でもかんでもがお国のためが優先《ゆうせん》だからな。

先ほど空襲警報が解除《かいじょ》されたばかりなので乗客はいない。船内はがらあきだ。

兼吉《かねよし》の桟橋《さんばし》に着くやいなや、みんなは道端《みちばた》に衣服を脱《ぬ》ぎ捨《す》てた。

よっちゃんは赤ふんどしをきりりと締《し》めた。そして、

「よし、行くぞ!」「ドッポン!」

早速《さっそく》、道端の石垣《いしがき》から海に飛《と》び込《こ》んだ。

すごくかっこいい。

のうちゃんとみっちゃんは、海の中の石段をゆっくり下り、水につかりながら入っていった。

二人とも「ふぅっ」と一息入れて泳ぎだすのだ。先に泳ぎだすのはいつもみっちゃんだ。十メートルほど沖《おき》へ泳いでは引き返す。なにしろ二人はまだ初心者なのだ。足が届《とど》かないので気味が悪い。

みっちゃんは立ち泳ぎができるが、のうちゃんはまだ犬かきだ。手をあごの下にやってぐるぐるとかきまぜる。犬よりもっとかっこ悪い。足がどうにかばたついているから、前には進む。

みっちゃんは潜《もぐ》るのが得意だ。といっても、そう深く潜れるわけではない。池と違《ちが》って塩水なので体が浮《う》いてしまうのだ。頭隠《かく》してしり隠さずというやつだ。

だから船につないである錨《いかり》のロープをたぐって潜っていく。深く潜るほど耳がキイーンとして痛《いた》くなる。これが水圧《すいあつ》なんだと思う。水の中で船の綱《つな》を持ち、目をしっかりと見開いて、息を止めてあたりを見回すが、魚の泳ぐのはまだ見たことはない。緑色の海水がうす暗く見えるだけだ。はるかかなたの方からスクリュウの音がシャンシャンシャンと聞こえてくる。こんなことを何回か繰《く》り返《かえ》しているうちに潮《しお》が引いてくる。

潮が引いて砂浜《すなはま》が見えだすとのうちゃんの独壇場《どくだんじょう》だ。のうちゃんはもうみっともない犬かき泳ぎではなくなる。すいすいとかっこよく泳ぎだすのだ。ねたをばらせば、片手《かたて》を砂底について泳ぐのだから沈《しず》むことはない。

そして、もっと潮が引いてしまうと貝掘《かいほ》りを始める。どこからか茶碗《ちゃわん》のかけらを拾ってきて、ごりごりと掘り出す。こうして今度は貝掘りの達人となる。のうちゃんにとっては、今晩《こんばん》のおかずがかかっているのだ。お母さんが亡《な》くなってから、特に食べることには目がない。今日も、貝を持ち帰ってお姉さんの喜ぶ顔が見たいのだろう。

「ひひひ、これだけとったあ」と泥《どろ》しぶきのかかった顔をみっちゃんの方に向けて笑う。お互《たが》いが真っ黒に日焼けした顔から、白い歯がやけに目立つ。

「すいかはいつ食べるん?」と、のうちゃんがよっちゃんに聞いた。

「あっ、すっかり忘《わす》れとったわ。食うことに関しては、のうちゃんにはかなわんのう」

「せっかく重いのを背負《せお》ってきたのに、忘れてもらっちゃあ困《こま》るよ」

「ぼく、すいか持ってくる」

みっちゃんは、こんなときはよく気がつく、すばやい行動派《こうどうは》だ。あっという間に持ってきて、「ああ重かった!」と差し出した。

「食う前におれに勝ったら食わせてやる」

「負けるわあ!」

のうちゃんがやらないうちからそう言った。

「まず、すもうだ。二人でかかってこい!」

よっちゃんが、両手を広げて身構《みがま》えた。

二人がかりで「ワァー」と突進《とっしん》していくのだが、捕《つか》まってはドブンと投げ飛ばされる。何回やっても勝てっこない。

のうちゃんは塩水を飲んで「からい」と言ってうずくまった。みっちゃんは下から潜《もぐ》られ高馬《たかうま》され、海に投げだされた。

「よし、今度はこのすいかでやる。一、二のドボンと投げるから拾う競争どう。おれに勝ったら食わせてやる」

一、二のドボン。　一、二のドボン。

何回やってもよっちゃんに取られてしまう。しかもよっちゃんは五つ数えてからのスタートなのになあ。

すいかというものは水に浮《う》かぶんだけど、頭を水面に出さないもんだから探《さが》しにくい。そのうち息が苦しくなって必死で岸に引き返すことになる。もうくたびれてしまった。

そのときだ。造船所《ぞうせんじょ》のサイレンが鳴りだした。警戒警報《けいかいけいほう》だ。

「あれ？　警戒警報なのに、もう近くで爆音《ばくおん》が聞こえる」

それがすぐにバリバリというすごい音に変わった。

「伏《ふ》せろ！」とっさによっちゃんが叫《さけ》んだ。

飛行機が飛び去る。

次の瞬間《しゅんかん》、よっちゃんの高笑いがした。

はっはっはっは

「今のは日本の偵察機《ていさつき》だ。低空飛行《ていくう》だ。低空飛行してびっくりさせるなよ！　そのうち、空襲《くうしゅう》警報に変わるぞ。早く帰ろう」

「よっちゃん、すいかが流されていく。どうしようかあ」

のうちゃんが、よっちゃんを見上げて言った。

「気になるんなら、おまえがとってこいよ」

のうちゃんは「いや！」と首を振《ふ》った。

あんな遠くまで泳げるはずがない。よっちゃんなら泳げるのになあ、と思うだけだ。

「おしいのう。せっかく持ってきたのに、食いそびれたわ」と言った。

掘《ほ》り集《あつ》めた貝を持ち帰ろうとして気がつくと、よっちゃんの貝が散乱《さんらん》している。先ほど伏せたときにけちらかしたらしい。

「ありゃあ、ああ、もういらん、ほっとけ。それより早く帰ることを考えろ」

よっちゃんは一刻《いっこく》も早く、二人を家に帰り着かせたいのだ。

のうちゃんが麦わら帽子《ぼうし》を脱《ぬ》いで、散乱した貝のところに引き返した。

「もったいない、もったいない」

そう言いながら、砂《すな》ごと集めて帽子に入れた。

みっちゃんに自分の貝を持たせて、両手でささげ持って歩きだした。

どこかのおじさんが言った。

「帽子《ぼうし》に何を入れて歩きようるん？　ぼたぼたしずくを落としながら。それ底が抜《ぬ》けるど」

のうちゃんは「帽子より中身のほうが大事なんだ」と、へへへと笑った。

船頭が竹ざおを押《お》して、船はすぐに出航した。

シュン　シュン　シュン……

ポーッ。


泳いだ海岸には、もう人っ子一人いない。

あすは天気なんだ。尾道《おのみち》水道の西の空は夕焼け小やけで真っ赤だ。

「今日は楽しかったなあ」

みっちゃんとのうちゃんは語り合った。

一年後、よっちゃんは少年学徒動員兵に志願《しがん》し、広島で原爆《げんばく》にあって死ぬことになる。

そんなことなど、そのときはだれも知るよしもない。

広島は尾道水道の西のかなただ。

大人になったみっちゃんはこの渡船《とせん》に乗る度《たび》に、西の空を眺《なが》めてはよっちゃんを思い出す。

＊ほうろく……素焼《すや》きの浅い土鍋《どなべ》

（松村明・三省堂編修所・編『大辞林』三省堂、一九八八年）

あとがき

この物語は、七十年前の戦時中の実話であり、短編集としてまとめたものである。

語るのは『みちじいさん』、つまり私である。私は当時小学生、「みっちゃん」と呼ばれ元気に育っていた男の子である。

今語らねば当時の人々の、生きた証が消えてしまう。そんな思いで書き上げた。

構成を一部・二部・三部に分けた。今回は一部と二部を発表。

一部は『戦時中の学校で』。

当時の学校教育の方針は、戦争に勝つための教育方針であった。「日本は絶対に負けない。いざというときは神風が吹く」「国のために死ぬことが男子の本懐じゃ」「ほしがりません勝つまでは」。校長先生や担任先生から常に聞かされた言葉である。勝ち戦の映画を何回も上映され、血沸き肉躍る感じで見ていたことを思い出す。みっちゃんは、大きくなったら兵隊さんになるんだと決めていた。そんな環境の中でも、子どもたちは元気に本来の無邪気な姿で、学校生活を送っていたのだ。

二部は『地域での遊び』(子ども三人組)。

学校から帰ってからは、勉強よりも遊びが中心。地域のお兄さんお姉さん、幼い子どもたちとも交わりあい、自然の中で楽しく夕方まで遊んでおった。日暮れのお寺の鐘が帰宅の合図であった。そんな中、大人たちにも地域で子どもを育てるという気風があり、心の交流の中で、社会で生きるすべを学んでいったと思う。

今はそれがない。書き終えて思うことは、戦争教育の不正や物資不足の中でも、子どもたちは活動的に朗らかに生きていた。子ども本来のエネルギーが、良い方向に発揮できるようにするにはどうするか、大人への課題である。

おわりになりましたが、出版にあたりお力添えを頂いた皆様方にお礼を申し上げます。

ご多忙な中、帯文を書いてくださった映画作家、大林宣彦さま。挿絵を描いてくださった、稲田善樹さま。ご指導いただいた、尾道児童文学研究会「おはなしのこみちの会」代表、林原玉枝さま。出版をしてくださった、(株)てらいんく社長、佐相美佐枝さま。お世話になった皆様に深くお礼を申し上げます。

二〇一五年十一月十九日

西原通夫

西原 通夫（にしはら みちお）

1933年尾道市に生まれる。尾道市在住。
広島大学大学院博士課程前期修了（教育学）
元尾道市立土堂小学校校長
元市立尾道大学（現尾道市立大学）非常勤講師
尾道児童文学研究会「おはなしのこみちの会」会員
著書　「尾道のむかし話」（民話）など
趣味　福山奇術クラブ会員

著者近影

稲田 善樹（いなだ よしき）

1939年、中国・旧満州生まれ。稲城市在住。

04年5月、モンゴル子供権利センターより、モンゴルの子どもたちの教育に貢献したとして、ゴールドメダルを授与された。

99年「モンゴル紀行」、01年「農する人と風景」、03年「戦禍の後に（旧ユーゴスラビア）」、05年「戦後60年—消せない記憶—」、12年「輝く太陽！　グアテマラを描く　二人展」などの個展を新宿紀伊國屋で開催。

□装挿画
ダシドンドク 作・大竹桂子 訳『みどりの馬』、おおたけけいこ 作『おじいちゃんの山』、宇留賀佳代子 作『ピンク色の雲』、大竹桂子 編『百のうた　千の想い』、菊池和美 作『星になりたかったハンミョウ』、おおたけけいこ 作『ゆきおばあちゃん』（いずれも、てらいんく）　他。

みちじいさんの話

戦争中、わしがみっちゃんだったころ

発行日　2015 年 12 月 25 日　初版第一刷発行
著　者　西原通夫
装挿画　稲田善樹
発行者　佐相美佐枝
発行所　株式会社てらいんく
〒 215-0007　神奈川県川崎市麻生区向原 3-14-7
TEL　044-953-1828　FAX　044-959-1803
振替　00250-0-85472
印刷所　株式会社厚徳社

ISBN978-4-86261-120-8　C8093